아직 할 일이
남아 있으니
다시 시작합니다

시련과 고통을 이기게 한
소중한 인연들의 기억들

아직 할 일이
남아 있으니
다시 시작합니다

정
순
희 지음

바이북스
ByBooks

자격을 갖춘다는 것

나는 어떤 사람인가? 글을 쓰는 내내 생각했다. 내가 과연 글을 쓰고 강의를 해도 되는 사람인가? 다른 사람 앞에서 과시하고 싶어서 한다거나 성공하려고 안달하는 요란한 사람은 아닌가. 단순히 그런 이유로 누군가에게 보여주기 위한 글을 쓰려고 했던 것은 분명 아니다.

치열했던 삶은 새까맣고 딱딱한 앙금처럼 가라앉아 있었다. 나 자신조차도 잊고 있었던 삶을 글로 쓰는 동안 오히려 스스로 수고했다 위로해주고 싶다. 특별할 것 없는 나의 삶이 누군가에게는 용기를 줄 수도 있고 또 남이니까 흘려버리며 외면당할 수도 있다. 그런데도 아무도 알아주지 않았던 오십 넘은 아줌마에서, 누군가에게 희망을 주고 용기를 품게 하는 동기 부여 강사로서의 삶을 생생하게 보여주고 싶다. 학력, 경력 위주로 성공의 기회조차 단절되는 서글픈 현실 앞에 굴하지 않고 스스로 당당하게 살아가는 이 땅에 모든 여성의 숭고한 삶 앞에 힘찬 박수를 보낸다.

하루하루 바람 앞에 촛불처럼 간당거리며 붙어있던 삶의 의지는 더욱더 작아지고 있었고 그 어떤 말로도 위로가 되지 못했다. 우울감에 꾸역꾸역 밥을 먹고 잠을 자는 수준으로 하루를 버텼었다. 아무도 대신해줄 수 없었다. 스스로 깨고 나와야 했다. 조용히 마음을 가라앉히고 기도했다. 그리고 죄를 보석하는 마음으로 글을 써 내려갔다. 그런 와중에 우연히 스피치를 만나게 되었다.

작은 빛이라도 잡고 싶었다. 새롭게 가슴 밑바닥에 있는 의욕들을 끌어올릴 수 있는 계기가 필요했다. 쉼 없이 지내온 고단했던 나의 삶과 아버지에 대한 그리움으로 스피치 수업 받는 내내 눈물이 났다. 가식 없이 쏟아냈던 눈물이 나의 영혼을 정화시켰고 마음을 치유할 기회가 되었다. 10주 강의가 끝나면서 그것이 인연이 되어 그동안에 자신도 모르고 있었던 나의 장점과 재능을 발견하게 되었다. 청중과 이야기하고 진심으로 소통하면서 행복해하는 그들의 표정을 보았다. 그들이 변화되는 모습들을 보면서 덩달아 나도 행복해졌다. 오랜만에 맛보는 생동감에 용기가 생겼다. 나의 소박한 이야기가 다른 사람에겐 시련을 극복할 힘이 될 수 있다고 했다.

힘들지만 꿋꿋하게 살아가는 수많은 워킹맘과 이제는 스스로 위축되어 일선에서 물러날 마음의 준비를 하는 오십이 넘은 분들에게 나의 글이 조금이나마 위로가 되길 바란다. 결코, 넘어져 있는 그곳이 끝이 아니라고 사랑의 말로 힘이 되고 싶다. 괜찮다. 그동안 오로지 가족과 주위 사람들을 위해 내어주는 삶이었다면 앞으로는 즐겁게 함께 가자고 손잡아 주고 싶다.

대부분의 사람들은 해야만 하는 일과 하고 싶은 일 사이에서 해야만 하는 일을 선택하면서 살아간다. 그것이 각자 지고 있는 책임의 무게에서 오는 당연한 선택이다. 그것이 현실이다. 그러나 분명한 것은 이제 누구의 강요가 아니라 스스로 그렇게 정한 틀에서 벗어나길 바란다. 본인이 진심으로 무엇을 원하고 어떤 일을 할 때 가장 행복한지를 잊지 않길 바란다.

나는 글을 쓰면서 이 사실을 다시 한 번 깨달았다. 앞으로는 좋아하고 잘할 수 있는 일을 하면서 살아야겠다. 어쩌면 인생에 마지막 나만의 꿈은 글을 쓰고 강의를 하며 많은 사람과 함께하는 것이 아닐까 생각해본다.

지나온 내 삶을 이야기하면서 너무 억울하다고 소리치는 것도 아니고 하소연하고 싶지도 않다. 다만 가장 평범한 우리 모습 속에 희노애락이 녹아 있음을 말하고 싶다. 차라리 죽는 것이 낫겠다 싶을 정도의 고통과 절망의 시간도 때가 되면 잦아든다. 그리움에 미친 듯이 몸부림치며 따라가고 싶었던 그 먼 길도 아직은 때가 아니니 더 살아가게 된다.

이제는 어엿한 동기부여 강사로 다시금 용기 내서 살아가고 있다. 어려운 시간을 홀로 굳세게 버틸 수 있었던 것 중의 하나는 내 손에 늘 책이 있었다는 것이다. 영혼의 허기를 채우며 다시 할 수 있다고 믿고 스스로 격려하면서 앞으로도 내 곁에는 수많은 스승이 함께할 것이다. 이제껏 그래왔듯 우리는 특별히 다를 것 없는 일상을 지내며 감사한 마음으로 살아야 한다.

끝으로 독자들에게 당부하고 싶다. 삶의 고비에서 포기하고 싶을 때 딱 한 번만 더 용기를 내서 살아보라고 말하고 싶다. 좌절해서 넘어져 있는 그곳에서조차도 행복으로 가기 위한 과정이라 여기면 웃을 수 있다. 세상은 내가 마음먹기에 달려있다. 내 마음이 천국이면 모든 것이 기쁨으로 충만할 것이며 내 마음이 지옥이면 세상사 모든 것이 고통이고 슬픔일 것이다. 한 고비만 넘어보면 기쁘게 웃을 수 있는 날이 올 것이라고 확신한다. 평범한 삶이 가장 위대한 것이며 그 속에서 나는 어떤 가치 있는 일을 하며 살아가야 할지 매 순간 기억하고 잊지 말길 바란다. 스스로 자존감을 지켜갈 때 세상 어떤 고난이 와도 두렵지 않다. 그리고 결코 혼자가 아님을 꼭 기억하자. 당신 곁에는 좋은 사람들이 많이 있으며 당신 역시도 누군가에게는 좋은 사람이 되어주면 된다.

삶은 사는 게 아니라 살아내야 한다. 삶은 아무리 고통스럽다고 해도 집어치울 수 있는 것이 아니고 그럴수록 한 발짝 더 내디디고 나아가야 한다. 반드시 웃으며 옛말할 날이 온다. 굳이 자격을 따진다면 나와 아무런 상관없는 사람일지라도 진심으로 그들이 행복해지기를 바라는 마음이다. 부치지도 못할 천상에 편지를 아버지께 쓰는 동안 이상하리 만큼 마음이 평안해짐을 느꼈다. 숨 쉴 구멍을 만들고자 써 내려갔던 글들이 이렇게 책이 되었다.
모든 것이 감사하다. 끝으로 나의 우주이며 빛이고 사랑이었던 친정아버지께 이 책을 바치고 싶다.

사랑이 전부라고 믿었던 젊은 날을 회상하며

스스로 선택한 사랑에 책임지고 온전하게 가정을 지켰다.

겪어내야 했던 많은 시련들을 잘 참아냈으며,

또한 그 아픔들은 내 삶을 겸손하고 견고하게 만들어주었다.

지금까지 꿋꿋하게 버티고 살 수 있었던 것은

오직 사랑 덕분이었다.

| 차 례 |

1장

사랑 하나 믿고

4장

힘들지 않은 삶은 없다

5장

시련과 고통이 내겐 재산이었다

1장

사랑 하나 믿고

철부지
결혼식

———

추운 겨울을 견디고 가장 먼저 우리 곁에 봄을 알리는 꽃 중에 매화가 있다.

꽃의 모양이나 빛깔에 따라 달리 불리지만 특히나 나는 홍매화를 좋아한다. 벚꽃과 유사하게 생겼지만 분명 다르다. 요란하게 피었다 금방 져버리는 벚꽃과는 달리 가지에 딱 붙어 그윽한 향기를 뿜어내며 봄이 왔음을 알려준다. 매화는 그 향이 좋아 꽃차로도 마실 수 있다. 홍매화의 꽃말은 기다림이라 했다. 봄이 되면 어김없이 꽃들이 핀다. 올해 핀 매화꽃이 유난히 애틋하고 더욱더 눈부시게 느껴지는 이유는 무엇일까?

결혼은 현실이라고 했다. 부모님은 경제적 뒷받침이 없는 상태에서 시작하는 결혼생활이 순탄치 않을 것이라는 사실에 반대하셨다. 불 보듯 뻔히 고생할 것 같은 자식을 미리부터 걱정하고 계셨다. 신앙인이 아니라는 것도 반대하는 이유 중 하나였다. 나는 사랑이 있으니 그런 것쯤은 아무런 장애가 되지 않을 것이라 말했다. 남편은 부모님 사이에서 힘들어하는 나를 위해 6개월의 예비자 교리를 받고 안드레아스라는 세례명으로 세례를 받았다. 사랑하는 사람과 헤어질 수 없다며 끝내 부모님을 설득하고 결혼식을 올렸다.

우리는 사내 커플로 만났다. 동갑이라는 이유로 남자에 대한 경계심을 풀었다. 어느 날부터 현장에서 열심히 일하고 있는 잘생긴 얼굴이 자꾸 신경이 쓰였다. 첫눈에 반한 것 같다. 그렇게 남편에게 호기심이 살짝 발동하고 있을 즈음 부모님께 스물다섯에 딸이 있으니 좋은 집안의 조건 좋은 남자들로 소개가 시작되었다. 부모님께 단호하게 말씀드렸다.

"아버지 저는 결혼 안 하고 수녀원에 갈 거니까 마음 안 쓰셔도 됩니다."

특별한 신앙에 깊이가 있어서가 아니라 어릴 적부터 자연스럽게 입버릇처럼 수녀원에 가야겠다는 꿈을 키워 왔었다. 부모님은 독실한 천주교 신자셨고 딸이 수녀원에 간다고 하니 놀라는 기색 없이 받아들이시는 것 같았다. 사실 그때 이미 남편은 내 마음속에 들어와 있었기 때문에 지어낸 변명이기도 했다. 그러고 보니 변변한 연애 한번 못하던 내가 어쩌다 남편을 첫눈에 들어 사랑하게 되었는지 지금 생각해도 참 신기하다. 결혼할 인연은 따로 있는 것 같다.

퇴근 후 동료들 모르게 밥 먹고 영화를 보았다. 쉬는 날이면 버스를 타고 천안의 독립 기념관, 에버랜드, 대전엑스포에 아주 완벽히 신나게 데이트를 즐겼다. 은밀한 연애가 역시 긴장감도 있고 재미있었다. 온종일 과자 한 봉 사서 경치 좋은 집 근처 저수지 주변을 산책도 했었다. 함께 있는 것만으로도 행복했다. 헤어지는 것이 아쉬워 집 앞 벤치에 앉아 몇 시간씩 이야기도 했다. 서로 무엇이든 챙겨주고 싶어 안달이 났었다. 하루라도 못 보면 안 될 것처럼 정이 들었다. 매일 만나서 데이트를 했다. 기숙사 담장 너머로 작업복을 던져주면 깨끗이 빨아 다림질까지 해서 건네주었다. 하루하루가 행복하고 즐거웠다. 회사 동료들은 얼굴이 복사꽃처럼 활짝 폈다며 "요즘 연애하나 봐"라며 한소리씩 했다. 행여라도 누가 눈치 챌까 봐 수줍은 마음을 애써 감출 수밖에 없었다. 꿈같은 시간이 석 달 가까이 지난 어느 날, 아버지는 조용히 부르셨다.

"그 남자 누구니?"

동네에 소문이 파다하게 퍼졌다고 했다. 아무개 자식이 처음 보는 남자랑 밤낮없이 다니더니만 "애를 가졌다더라"라는 소문으로 온 동네가 수근거리고 있었다. 부모님은 자식을 믿으니 그럴 리 없다고 하셨지만, 혹시나 하는 노파심에 도대체 그 남자가 누군지 데려오라고 하셨다. 얼떨결에 당시 스물다섯의 남편은 잔뜩 긴장한 채로 아버지 앞으로 불려갔다. 부모님께 큰절 올리려는 순간 아버지는 휙 돌아앉으시며 "절할 필요 없다 내 딸 고생하는 거 난 싫으니까 당장 헤어지고 다시는 만나지 마라"고 한마디만 하셨다.

부모님도 실망하셨겠지만, 우리 역시 부모님 행동에 당황하고 서운한 건 마찬가지였다. 한 번도 큰소리치거나 경우에 어긋나는 행동을 하시지 않았던 부모님께서는 자식의 중대한 결혼 앞에서는 체면

따위는 아무 소용없었던 것 같았다. 부모님이 반대를 심하게 하면 할수록 우리들의 사랑은 더 애틋해져 갔다. 시간이 지날수록 부모님의 태도는 더욱더 완고하셨고 노골적으로 남자친구를 싫어하셨다. 정들기 전에 헤어지라며 성화셨고, 그 기간은 하루 이틀 만에 끝낼 기세가 아니었다. 팽팽한 긴장감은 우리 모두를 힘들게 했다. 급기야 나는 "제가 뭐 그리 잘난 자식이기에 그 사람에게 그런 상처를 주는 건데요" 하며 부모님께 태어나 처음으로 소리치며 대들기도 했다.

그땐 사랑에 미쳐서 완전 눈이 돌았었다. 그럴 거면 차라리 수녀원에 가라시던 부모님께 아무런 말씀도 드릴 수가 없었다. 지금 생각해도 괘씸하고 못된 자식이었다. 사랑하는 여자 앞에서 부모님 기대에 미치지 못하는 자신이 너무 초라하고 싫다며 자존감 잃고 눈물까지 흘리는 이 남자를 나는 차마 외면할 수 없었다.

당연히 부모님 눈에는 남편의 조건들이 맘에 찰 리가 없었다. 군대 다녀와서 변변한 직장도 없이 월급도 적은 시골에 있는 회사에 들어온 것도 맘에 안 들고, 모아 놓은 돈도 없이 장남이라는 것도, 아무튼 모든 조건을 내키지 않아 하셨다. 어차피 할 결혼이면 안정적인 출발을 바라는 부모님 마음은 충분히 이해가 갔지만 그래도 사랑이 우선이란 생각은 굽힐 수가 없었다.

우리는 이미 돌이킬 수 없을 만큼 서로 사랑하고 있었다. 우여곡절 끝에 결국 자식 이기는 부모 없는 법, 결혼 승낙을 받았다. 매화꽃 흐드러지게 핀 춘삼월에 우리는 결혼했다. 모아 놓은 돈 한 푼 없는 이 남자에게 정말 사랑 하나만 믿고 결혼생활이 시작되었다.

단언컨대 이다음에 자식이 눈에 차지 않는 며느릿감을 데려온다 하더라도 "시간을 두고 사귀어 봐라. 그리고 평생 선택한 사랑에 책임질 자신 있으면 결혼해라." 이렇게 말하지 맘에 안 든다고 막무가내로 반대하지 않을 것이다. 뜨겁게 데어 보면 알게 된다. 불같은 사랑이 얼마나 많은 생채기를 남기는지…….

알콩달콩
살고 싶었다

———

애써 피했다. 결혼식 내내 부모님의 눈을 바라볼 수가 없었다. 행여라도 눈물이 나면 곱게 공들여 한 화장이 엉망이 될지도 모르고 또 어른들이 결혼식 날 울면 못 산다 하니 쏟아 나오려는 눈물을 꾹 참고 있었다. 어떻게 허락받고 하는 결혼인데 행복하게 잘 살아야지, 신부의 기분을 살피며 안절부절못하는 남편이 안 돼 보였다. 생전 처음으로 많은 하객 앞에서 이제 백 년을 이 사람과 살겠노라 서약까지 하는 것도 부담되었지만 시댁 식구들과 친정 식구들의 분위기는 사뭇 달랐다. 결혼식은 정해진 식순대로 진행되었으며 모든 분위기는 시댁 위주로 진행되는 듯했다. 드디어 양가 부모님 모시고 지인들의 축복 속에 백년가약을 맺었다.

폐백을 올려야 한다며 한복을 갈아입고 있는데 집에 가신 줄만 알았던 친정 부모님 목소리가 들렸다. 참았던 눈물이 봇물 터지듯 터지기 시작했다.

"울지 말고 잘~ 살아야 한다."

이 말속에 얼마나 많은 의미가 담겨 있었을까? 떨리는 아버지 말씀에 지금에서야 말하지만 잠깐 후회했다. 자식을 위해서 하셨던 말씀 하나하나가 목에 걸려 넘어가지 않는 가시처럼 아팠다. 부모님 곁에서 좀 더 있으며 효도할 것을 뭐 그리 급하다고 서둘러 결혼을 했는지 돌아서서 한참을 눈물 훔치시던 부모님 생각하면 지금도 죄송스럽다.

서로 아끼고 사랑하는 만큼 결혼에 대한 기대치도 높았다. 그러나 자라 온 환경도, 가치관도, 삶의 방향도 달랐기 때문에 우리는 사소한 것에도 많이 부딪쳤다. 있는 그대로 봐주기보다는 자기 방식대로 서로를 탓하며 끝없이 맞섰다. 그렇게 함께 있는 것만으로도 꿈처럼 행복해서 웃고 또 세상이 끝날 것처럼 싸우고 울면서 우리는 서로에게 조금씩 적응해 갔다.

그동안 뭐하느라 신접살림 차릴 방 한 칸 마련할 돈도 마련 못 했냐며 호되게 꾸짖으시던 친정아버지는 당신이 직접 새로 지은 임대 아파트를 계약해 주셨다. 어머니는 첫딸 시집보낼 때 주시겠다고 평소에 사 모으신 아기자기한 예쁜 그릇들과 아까워서 쓰지도 못하고 싱크대 깊숙이 넣어 놓았던 찻잔 세트와 혼수로 침대, 장롱, 가전제품, 철철이 입을 속옷까지 많이도 보내셨다.

새롭게 시작하는 인생의 첫걸음에 모두가 축복이라도 하듯 정성들여 마련해 주신 신혼살림들은 반짝반짝 윤이 났다. 매일 쓸고 닦고 정리하는 것이 일과였다. 햇볕이 따뜻하게 내리쬐는 창 너머에 벌써 유채꽃과 개나리들이 병아리 부리처럼 뽀족이 나와 있었다. 마치

풍경화를 보는 듯했다. 화사하고 예뻤다. 콧노래가 저절로 나왔다.

"새댁 뭐해 우리 냉이 캐러 가자."

아랫집 언니가 웃으며 내려오라고 손짓했다. 남편 퇴근하면 맛있게 요리해서 먹일 요량으로 열심히 냉이를 찾아 호미질을 해댔다.

"엄마 냉이는 어떻게 요리 해야 해?"

요즘은 인터넷에 검색하면 요리법 다 자세히 나와 있지만, 그때만 해도 엄마가 요리 선생님이고 말씀이 곧 요리책이고 인터넷이었다.

학교 졸업하고 직장 생활하며 엄마가 해주신 밑반찬에 된장국 끓이는 게 전부였는데 의욕만 앞서 한껏 욕심을 부리고 요리를 시작했다. 전도 부치고 무침도 하고 된장국도 끓이고 아주 부엌이 엉망이 되었다. 그래도 손수 맛있는 저녁을 짓는 것에 신이 났었다. 남편 발소리가 들리기가 무섭게 현관 앞으로 달려갔다. 들어서는 남편을 향해 펄쩍 뛰어올라 안기며 목에 매달렸다. 남편도 세 살배기 어린애 안아주듯 안아서 빙빙 돌려주었다. 아침에 헤어졌다 몇 시간 만에 보는데 십 년 만에 만난 듯 부부 상봉 극을 찍고 있었다. 신혼의 단꿈에 빠져 있었다.

내심 기대하고 야심차게 준비한 저녁상을 차렸다. 밥상을 보는 순간 남편은 실망한 기색이 역력했다. 남편은 밥을 몇 숟갈 뜨는 둥 마는 둥 조용히 일어나 나갔다. 집 앞 정육점에 가서 돼지고기 한 근 사다가는 된장 한 숟갈 넣고 푹푹 삶아서 김장김치와 함께 싸서 맛있게 먹고 있는 것이 아닌가, 남편의 행동을 도무지 이해할 수 없었다. 서운한 마음에 화를 내며 오후 내내 정성 들여 준비한 요리를 모두 음식물 쓰레기통에 버렸다. 남편도 화를 내며 소리를 질렀다. 왜 음식을 버리느냐고 처음엔 작은 서운함으로 시작된 언쟁은 급기야 자라온 집안 환경까지 들먹이며 싸우기 시작했다. 기 싸움에 말대꾸하는 아내의 모습이 화가 났는지 남편은 급기야 휴지를 집어던졌다. 남편의 돌발적인 행동에 겁이 났고 폭력적인 사람인 줄 알았으면 결혼 안 했을 것이라는 막말까지 퍼부었다. 나는 얼른 작은방으로 달려가 문을 잠갔다.

사실 음식을 버리는 행동은 먼저 해놓고 서운해서 대성통곡을 했다. 그날 저녁 나의 눈은 개구리 왕눈이가 되었고 바닥엔 눈물 콧물 닦은 휴지가 한가득 쌓였다. 시간 지나 알게 되었지만, 남편은 어릴 적부터 육식을 좋아했고 나는 고기는 별로 즐기지 않는 채식 위주의 식단이었다. 식습관이 달랐으니 아내가 해주는 풀들이 입맛에 안 맞는 것이 당연했다. 남편은 그때나 지금이나 배고픈 걸 조금도 못 참고 필요 이상으로 화를 낸다. 시어머님 말씀인즉 젖배를 곯아서 애가 저리 배고픈 것을 못 참는다는 것이라며 편을 들어 주신다. 나는 성격 탓이라고 남편에게 핀잔을 주었다. 큰아이가 태어나고 나서야 알았다. 어머님 말씀이 어떤 의미였는지. 아들도 아빠 닮아서 배고픈 것을 조금도 못 참는다.

결혼한 지 3개월이나 지났는데 "아기는 왜 안 생기니?"하고 엄마가 물어오셨다. 그러고 나서 엄마는 날을 잡아 한의원에 가 보자 하셨다.

"태어날 때부터 체질상 약골인 데다가 예민하고 자궁이 약해서 아기가 안 생길 수도 있습니다."

의사 선생님 한마디에 그날로 엄마는 한약 한 재를 지어 오셨다. 마지막 한 봉을 따끈하게 데워서 마시고 일주일 지났는데 몸살기가 있는 것처럼 춥기도 하고 체한 것처럼 속이 울렁거리기도 해서 병원을 찾았다.

"축하드려요~임신입니다."

의사의 축하를 듣고 기쁘다기보다 좀 신기했다. 내가 엄마가 된다는 것이 기분이 묘했다. 임신했다는 소식을 들으니 친정 부모님이 너무 보고 싶었다. 그날 저녁 삼겹살에 소주 한 병을 사서 친정으로 갔다. 남편은 늘 어려워서 말도 못 하던 장인어른께 술 한 잔 따라 드리며 감사 인사를 했다. 그렇게 모두의 축복 속에 아이가 선물처럼 우리에게 왔다. 남들은 첫애라 입덧이 심할 거라 했지만 입덧 없이 열 달 내내 수월하게 잘 자라 주었다. 첫 아이에 대한 기대는 모든 부모가 마찬가지일 것이다. 태교도 열심히 했다. 클래식을 들려주고, 시를 읽어주고, 아버지 무릎에서 보았던 빛바랜 성경 그림책을 보며 오감 발달에 신경을 써줬다. 그리고 무엇보다 심신의 안정과 건강에 신경을 썼다.

남편이 출장이라도 갈라치면 혼자 있기 무섭다고 짐을 부랴부랴 싸서 친정으로 갔다가 남편이 데리러 오면 신혼집으로 다시 돌아오곤 했었다. 남편의 손엔 항상 태아 두뇌 발달에 좋은 호두나 내가 좋아하는 곶감 같은 간식들이 들려 있었다.

첫아이 출산이라 심한 출혈과 이틀 밤낮 고생 끝에 아이를 얻었다. 난산으로 엄마가 힘들어하는 줄 알았는지 아이는 별 탈 없이 잘 자라 주었다. 깎아 놓은 밤톨마냥 귀엽고 사랑스러웠다. 출장 가는 남편은 아빠 없는 동안에 엄마 잘 지켜주고 있어야 한다, 하면 아이는 알았다는 듯이 눈을 깜빡였다. 아이를 키우면 순간순간 거짓말쟁이가 된다는 말이 맞는 것 같다. 첫 손주의 탄생으로 양가 어른들은 분주해지셨다. 자동차에, 비행기, 오뚝이 장난감이 하나둘 쌓여갔다. 가지고 놀려면 아직도 멀었는데 나중에 사주라는 부탁도 아랑곳없이 할머니 할아버지 손주 사랑은 막무가내셨다.

남편은 아이가 생기면서 그 어느 때보다도 활기차고 열심히 생활했다. 우리는 하루하루가 즐겁고 행복했다. 말랑말랑 하얀 찹쌀떡같이 여리고 부드러웠던 아기의 머리 위에 숨구멍이 조금씩 단단해져 갔다. 꼼꼼하게 육아일기도 썼다. 이다음에 보여주고 싶었다. 엄마 아빠가 얼마나 사랑해서 널 낳았는지 말을 배우기 시작하면 알려 주고 싶었다. 네가 엄마 아빠에게 얼마나 보석같이 귀한 존재인지 이렇게 언제까지나 알콩달콩 깨 볶듯 행복하게 살고 싶었다.

사랑 하나 믿고

이상과
현실 사이

가진 것 없어도 사랑은 인생의 긴 여행을 기꺼이 함께 갈 수 있는 용기를 내도록 했다. 때로는 무모하리만큼 힘든 상황들을 도전하고 헤쳐 나가게도 한다. 보란 듯이 행복하게 잘 살고 싶었다. 그리고 무엇보다 그럴 자신이 있었다. 새끼손가락 걸고 약속도 했었다. 열심히 돈 벌어서 남편 닮은 아들, 나 닮은 딸을 낳고 싶었다. 정원이 넓은 집에서 아이들이 태어나면 그네도 매어주고 꽃무늬 앞치마를 하고 가족들의 영양 간식도 해주고 싶었다. 식탁 위에는 프리지어 한 다발을 병에 꽂아 놓고 즐겁게 식사도 하고, 아주 가끔은 분위기 잡고 가까운 지인들을 불러 와인 한잔도 마시고 싶었다. 일 년에 한 번 여름이면 시원한 물놀이장은 아니더라도 계곡을 찾아가서 자연과 함께 놀고 싶었다. 아침이면 클래식을 틀어주며 기분 좋게 가족들의 단잠을 깨우고 싶었다. 좋아하는 시를 읽고 월급날이면 사랑하는 아내에게 주려고 책 한 권 사 오는 자상한 남편의 모습을 상상했었다. 결혼에 대한 막연한 환상이 있었다.

사랑하는 마음 변치 않을 거란 확신도 있었다. 세상에 변하지 않는 것은 아무것도 없었다. 모두가 꿈같은 이야기였다. 우리는 서로 익숙하지 않은 삶의 방식에 흔들리고 있었다. 경제적인 것보다 더 중요한 것은 마음가짐이었다. 누군가를 돌보면서 책임지고 살아갈 마음의 준비가 미처 되어 있지 않았다. 결혼을 서두른 감이 없지 않았고 남편이 부탁하기 전에 내 방식대로 해주었던 것이 사랑인 줄 알았다. 남편이 받는 것에 익숙하게 만든 것도 모두가 내 탓이었다.

순백에 웨딩드레스를 입고 열렬한 축복을 받으며 세상 다 얻은 것 같이 충만하고 행복했었다. 세상 끝나는 날까지 오로지 나만 사랑해 줄 것처럼 믿었던 남편의 사랑은 함께 생활하면서 누가 먼저라고 할 것도 없이 하나씩 본색을 드러냈다. 사실 20년 넘게 각자 자기 방식대로 살았으니 아무리 사랑에 콩깍지가 씌었다 한들 어째 만날 좋기만 하겠는가?

남편의 이기적인 생활습관들은 자꾸 나의 신경을 자극했다. 있는 그대로 인정하고 봐줬어야 했다. 그러나 나는 사소한 것도 고치려고 했다. 어느 날 남편은 샤워하고 바닥에 물이 있는 상태로 그냥 나왔다. 욕실화를 밟는 순간 순식간에 쭉 미끄러졌다. 그대로 뒤로 넘어졌고 팔에 심한 타박상을 입었다. 폭풍 같은 잔소리를 해대며 순간 분위기는 싸해졌다. 잔뜩 기대했던 저녁은 컵라면으로 대신할 수밖에 없었다. 그날 이후 아무리 급해도 바닥에 물기 있는 상태에서는 절대 사용하지 않는다. 작은 무관심에도 상처받고 왜 나만 배려해야 하지? 하면서 입장을 따지기 시작했다. 말수가 없어 진중해 보였던 남편의 과묵함이 무심하게 느껴졌다. 세심하게 신경 써주던 나의 자상함은 작은 일에도 예민해져서 사사건건 따지고 드는 피곤한 성격이라며 남편은 말했다.

우리는 그렇게 대수롭지 않은 사소한 일에도 다투는 횟수가 늘기 시작했다. 사랑의 유통기한이 있다는 말 사실인가 싶게 연애할 때 좋아 보였던 행동들이 단점으로 보였다. 그런 와중에 둘째는 계획하지도 않았는데 덜컥 생겨 버렸다.

수월하게 잘 자라준 큰 아이와는 다르게 둘째 녀석은 입덧부터가 달랐다. 아무것도 먹지 못하고 자꾸 토했다. 태반이 내려앉는다고 병원에서는 절대 안정하고 누워만 있으란다. 배만 부르면 잘 놀고 아무한테나 가서 안기던 큰아들은 좋아하던 아빠한테조차 가기 싫다고 울며 떼를 써댔다. 온종일 엄마 등에서 떨어질 줄 모르는 아이에게 달래다 지쳐 이유 없이 떼쓴다고 엉덩이를 때렸다. 지금 생각해보면 녀석이 직감적으로 알았던 것 같다. 저만 바라보던 가족들의 관심과 사랑이 서서히 동생에게 나뉘는 위기를 느낀 것은 아니었을까, 맘껏 떼쓰도록 받아주지 못한 것 같아 미안하다.

남편은 어느 날부턴가 일이 바쁘지 않아 일찍 왔다며 퇴근 시간노 아닌데 집엘 왔다. 나중에 알게 된 사실이지만 직장을 말도 없이 그만두고 미안해서 출근하는 척하고 아침에 나갔다가 다른 직장을 알아보러 다녔다. 겨우 들어간 회사는 출근한 지 채 반년도 되지 않아 또 부도가 났다.

IMF로 아랫집 아저씨도 친구 남편도 하루아침에 실직자가 되었다. 남편이 다니던 회사뿐만이 아니라 규모가 작은 하도급이나 영세한 회사는 줄줄이 부도가 나기 시작했다. 서서히 우리 가정에도 경제적 위기가 찾아오고 있었다. 매달 생활비가 들어 와야 공과금에 아이들 분유 값에 기저귀도 살 텐데 남편의 월급은 몇 달째 들어오지 않았다. 비상금으로 결혼 전에 가져갔던 돈은 생활비로 곶감 빼먹듯 다 썼고 통장 잔액은 바닥이 났다. 그래도 남편이 열심히 일하고 있으니까 별문제 없겠지 애써 태연한 척했다. 최소한의 생활비로 우리는 겨우 버티고 있었다.

나쁜 일은 늘 함께 무리 지어 다니는 것처럼 산후조리 제대로 못한 후유증으로 산후풍과 산후우울증 진단을 받게 되었다. 당장 세금 낼 돈도 없는데 무슨 약을 먹겠나 싶어 그냥 터덜터덜 집으로 돌아왔다. 발바닥이 화끈거리고 아파서 양말을 두 개씩 신어도 가시밭길을 맨발로 걷는 느낌이었다. 정수리부터 발끝까지 뼈 마디마디가 시리고 온몸이 쑤시고 아파졌다. 한겨울에 얼음물 속으로 들어간다 한들 그보다 시리고 아프지는 않았을 것 같다. 아이가 배가 고파 울어도 안아 달라고 칭얼거려도 그냥 쳐다보기만 할 뿐 손끝 하나 움직일 수 없을 만큼 무기력해졌다.

남편은 아침에 출근해서 저녁에 퇴근하니 이런 나의 모습을 자세히 볼 수가 없었다. 반질반질 윤이 나던 살림은 먼지가 쌓이고 베란다에 꽃들은 이미 생기를 잃고 바싹 말라 뿌리째 뽑혀 있었다. 매일 늦게까지 잔업하고 힘들게 일하는 남편을 위로하고 싶었다. 가족들을 위해서 고생한다고, 힘들어도 참아 달라고 격려해 주고 싶었다. 그러나 목구멍에 묵직한 것이 걸려 그 어떤 말도 나오지 않았다. 어찌 된 일인지 자꾸 눈물만 났다. 남편이 출근하고 나면 대낮인데도 커튼을 쳐놓고 틈만 나면 잠을 잤다. 이렇게 예기치 않은 상황들은 나를 끝없는 나락으로 빠트리고 있었다.

남편은 사력을 다해 버티고 있는데 나는 바보같이 후회하고 있었다. 몸이 아프니 말도 안 되는 생각을 하고 있었다.

땡동 현관 벨 소리가 들렸다. 친정엄마였다. 갑자기 오신 부모님의 방문에 놀랐다. 반갑기도 하고 엄마를 보는 순간 어린애처럼 주저앉아 엉엉 울었다.

"새끼 낳고 아어미가 이래 못 먹고 아프면 쓰겠나?"

서둘러 미역국을 끓이고 전기장판을 따뜻하게 틀어놓고 아이 둘을 말끔하게 목욕시켜 재워놓으셨다.

"얼른 한 그릇 먹고 푹 자거라."

살면서 그때만큼 맛있는 미역국을 먹어 본 적이 없다. 어머니는 이삼일 더 옹색한 딸 집에 머물다 가셨다. 힘들면 힘들다고 말을 하지 바보같이 왜 참고 있었냐고 산후풍은 약을 먹고 바로 고쳐야지, 안 그러면 두고두고 고생한다며 약값에 쓰라고 아버지 모르게 봉투를 놓고 가셨다. 염치없지만 감사한 마음으로 받았다. 우선 살아야겠기에 그날로 한의원으로 달려가 약 한 재 지어 먹었다. 서서히 기력도 찾고 벌렁거리고 욱했던 가슴도 가라앉았다. 얼굴에 조금씩 화색이 돌며 금쪽같이 귀한 아이들이 눈에 들어오기 시작했다.

이렇게 결혼이라는 환상과 어쩔 수 없는 현실 앞에 끝없이 아파하며 조금씩 어른이 되어가고 있었다.

보증은
아무나 서나?

———

　모든 것이 말끔하게 정돈된 느낌이 들었다. 뼈마디마다 시큰거리고 쑤셔대던 것도 좋아졌다. 조금씩 심신의 안정을 찾아갔다. 아이들도 별 탈 없이 밝게 잘 자라고 있었다.

　부모님이 내게 그러했듯이 아이들에게 세심하고 다정다감한 부모가 되고 싶었다. 햇볕 따뜻한 날이면 아이들을 데리고 놀이터로 달려가 두꺼비 집을 만들었다. 휴일이면 밀가루를 반죽해서 간식도 만들어주었다. 열심히 꽈배기를 꼬고 있는 엄마 옆에서 아이들은 공룡 모양의 도넛을 만들겠다고 부산을 떨었다.

　한 편의 영화를 찍고 있었다. 공룡의 포인트는 사나운 발톱과 크게 벌리고 있는 입이었다. 가루를 손으로 휘젓고 얼굴이며 옷이고 하얗게 뒤범벅되어도 마냥 즐거웠다. 그날 제대로 튀겨진 도넛은 몇 개 없었다. 그러나 아이들의 추억만큼은 달콤하고 바싹하게 제대로 튀긴 것 같았다. 캄캄하게 쳐져 있던 커튼은 활짝 열려 있었고 꽃들은 생기를 찾았으며 다시 예전처럼 웃음소리와 행복한 기운이 집안 가득 채워지고 있었다. 아이들을 무릎에 앉히고 몇 권 안 되는 명작동화를 헤어지도록 읽어주었다. 특히 어릴 적 아버지가 보여주셨던 구약성서에 관한 그림책은 아이들에 호기심을 자극하기 충분했다. 무궁무진한 이야깃거리가 쏟아져 나왔다. 아이들의 눈은 반짝반짝 빛나고 있었다. 귀를 쫑긋 세우고 재밌어하는 아이들의 모습은 너무나 사랑스러웠다. 부모님도 나를 이리 귀하게 키웠겠다, 생각하니 감사했다.

외환위기로 중소기업은 줄줄이 부도가 나서 나라 전체가 빚더미에 올라앉게 생겼었다. 매스컴에서 연일 보도를 해대도 사실 집에서 살림하고 아이를 키우는 아줌마로서는 우리 집 경제만 흔들지 않는다면 별문제 없을 거야 안일하게 마음먹고 있었다. 회사생활 하는 남편이 가장 직접적인 피해를 볼 수도 있다는 생각을 그때는 미처 못 했다.

한 푼이 아쉬웠지만 내색하지 않았다. 차마 내색할 수가 없었다. 열심히 일해도 수입은 한정되어 있었기 때문에 남편에게 부담을 주고 싶지 않았다. 가끔 부모님은 아이들 분유 값이라도 보태 쓰라고 돈 봉투를 놓고 가셨다.

"습관 되면 자꾸 약해져서 안 돼요. 마음만 받을게요."라며 다음에 집에 갈 일 있으면 한 푼도 쓰지 않고 그대로 다시 놓고 왔다. 너무 모질게 선 긋는 딸년이 야속하다고 부모님은 많이 서운해하셨다. 사실 마음속에서는 받아쓰고 싶었다. 그러나 당장만 생각할 수 없었다. 자꾸 의지하다가 영영 이 꼴로 살다 끝나는 것은 아닐까 약해지는 것이 두려웠다. 궁핍한 모습 부모님께 보이면 근심거리 안기는 것 같아 더욱더 싫었다. 남편은 매일같이 잔업하고 휴일에도 출근했다.

사랑 하나 믿고

아이들 육아는 전적으로 내 몫이었다. 둘 중에 한 녀석만 아파도 하나는 둘러업고 아픈 녀석 손잡고 택시비 아까워서 버스를 타고 걸어 다녔다. 초유도 못 먹어서 잔병치레하는 줄 알고 미안한 마음이 들었다. 알뜰하게 살림해서 한 푼 두 푼 모아가는 재미가 쏠쏠했다. 적금 타서 아버지가 마련해 주셨던 신혼집 보증금도 갚고 싶었다. 이때까지만 해도 앞으로 불어올 세찬 비바람을 전혀 예상 못 하고 있었다.

위기에 빠진 나라 경제를 살려 보자고 금 모으기 운동이 시작되었다. 근성이 어디로 가겠나 싶다. 우리 국민은 위기에 강했다. 얼떨결에 아이들 몫으로 들어왔던 돌, 백일 반지랑 팔찌 등 각종 18k 보석들을 염낭에 꽉 채워서 내다 팔았다. 생활비로 썼겠지만, 그 돈 모두 어디로 갔을까?

그때쯤이었다. 남편의 월급 날짜가 하루 이틀 미뤄져서 나오더니 급기야 한 달이 넘었는데도 남편은 월급 가져올 생각을 안 했다. 얼버무리면서 며칠만 기다리라는 것이었다. 별일 있겠나 싶어 며칠 기다리던 어느 날 남편은 출근을 안 하고 늦잠을 자고 있었다. 싸하고 불길한 느낌은 한 치의 어긋남이 없었다. 남편이 다니던 회사는 소사장 체재로 10명 남짓 하도급으로 들어가서 일하는 부서였다. 사장은 직원들 월급, 퇴직금, 보너스 모두 챙겨서 잠적해 버린 것이다. 규모가 작은 회사이다 보니 직원들은 사장하고도 형, 동생 사이로 친하게 지냈다. 사장이 잠적하기 열흘 전에 남편에게 인감 한 통을 부탁했다. 남편은 착한 것인지 무지한 것인지 덜컥 인감 한 통 떼다 주었고 사장은 그것을 사채업자에게 연대 보증 서류로 넘겼다. 사채업자들은 회사에서 일하는 남편을 찾아와서는 사장 있는 곳을 대라며 협박을 해댔다. 아니면 월급까지 압류하겠다고 엄포를 놓았다. 남편은 영문도 모르고 배신당한 일보다 아이들 데리고 열심히 생활하는 아내 볼 일이 난감해서 이러지도 저러지도 못하고 가슴앓이 앓듯 끙끙거리고 있었다. 고심하다 해결도 못 하고 벙어리 냉가슴을 앓듯 끝내 출근을 못 하고 있었다.

이건 또 뭐 하는 짓인가 앞에 펼쳐진 모든 상황이 한심했다. 아무 말도 하고 싶지 않았다. 조용히 아이를 업고 남편을 앞장세웠다. 회사로 갑시다. 아까워서 택시도 안 탔었는데 근무하고 오라고 내려주고는 그길로 돌아 집으로 왔다. 돌아오는 택시 안에서 서럽기도 하고 억울한 기분도 들었다.

'남편이라고 무슨 죄가 있겠나. 믿게 해놓고 제 욕심 차린 사람이 나쁜 사람이지…….'

열심히 성실하게 사는 우리에게 왜 자꾸 이러느냐고 따지고 싶었다. 주체할 수 없는 눈물이 흘러내렸다. 나이 지긋한 기사님은 애 엄마 힘든 일 있어도 자식 봐서 참아야지 하시며 위로해주셨다. 서럽게 울고 있는 내게 택시비는 안 받을 테니 아기 과자라도 사주라며 내려주셨다. 그리고 며칠 뒤 하늘은 우리를 도왔고 잠적한 사장을 수소문 끝에 찾아가 밀린 월급과 인감증명서를 찾아올 수 있었다. 여자는 연약할 수 있다. 하지만 엄마는 강해져야 했다.

사랑 하나 믿고

결혼은 육체적으로 성숙해야 하는 것이 첫 번째 조건이고 마음으로 상대를 이해하고 받아들일 자세를 갖추는 것이 두 번째 조건이다. 결혼은 반드시 사랑하는 사람과 해야만 하는 것이 아니라 조건이 맞아도 결혼을 한다. 결혼이라는 성스러운 약속을 통해 우리는 각자 제 몫에 십자가를 안고 살아간다.

　요즘처럼 자기중심적으로 생활하는 젊은 세대들 머리 속에 결혼의 의미는 어떻게 비칠까? 물론 무조건 희생하고 참고 살라고는 하고 싶지 않다. 그러나 본인이 선택한 사랑에는 반드시 책임질 줄 알아야 한다고 말하고 싶다. 특히나 부모가 된다는 것은 아이들을 통해 다시 태어나는 삶임을 인식하며 살아가길 바란다. 오늘도 나는 그 어떤 조건보다도 사랑이 우선이라는 나의 선택에 책임지고 싶다.

결심하다

경칩이 지났다. 햇볕도 따뜻하고 거리에 나무들은 손톱 끝만큼 연둣빛을 띠고 있다. 버들강아지 솜털로 물기가 쫙 오른 것을 보니 벌써 봄이 왔다는 묘한 설렘이 느껴졌다. 신학기가 되면 학교 앞에서 흔히 볼 수 있는 풍경들이 있다. 삼삼오오 가방 메고 아이들이 지나갔다. 엄마 손을 잡고 의기양양 걸어가는 아이들도 있다. 초등학교 입학식을 하고 나면 엄마들은 행여나 학교는 잘 가는지 새로 만난 친구들하고는 잘 지내는지 돌아올 때 길은 잃지는 않는지 노심초사하며 함께 손잡고 일주일 정도 익숙해질 때까지 등교해준다.

엄마들은 아이와 함께 초등학교 1학년 학생이 된다. 제 몸보다 큰 가방을 메고 엉성하게 걷는 아이 옆에 엄마는 뭔가 끊임없이 이야기하며 걷고 있다. 행여나 빠진 것은 없는지 알림장을 꼼꼼하게 체크하고 있다. 처음에는 천방지축 말귀도 못 알아듣고 잠시도 가만히 못 있고 꼼지락거리던 아이들은 차츰 점잖아진다.

어디로 튈지 모르는 아이들을 통제하기 위해서 경험이 많은 능숙하신 선생님이 1학년 담임을 맡는 것도 이런 이유 중 하나가 아닐까 싶다. 새로 만난 친구들과 선생님 사이에서 아이들은 스스로 터

사랑 하나 믿고

득해 간다.

걱정하는 것보다 우리 아이들은 총명하다. 엄마들이 조금만 기대치를 낮춘다면 아이들은 모두 천재에 가까울 정도로 영특한데 항상 엄마들의 과하게 넘치는 선 넘는 자식 사랑이 문제다.

왁자지껄 오랜만에 비슷한 또래의 아이들을 키우는 엄마들끼리 모였다. 유치원 입학한 기념으로 봄도 되었으니 자연에서 체험학습을 가자며 의기투합했다. 비닐봉지와 호미를 챙기고 아이들 간식으로 김밥도 싸고 혹시 몰라 돗자리에 무릎담요까지 챙겼다. 인근 과수원으로 목적지를 정하고 우리는 집안 살림을 통째로 옮겨 놓을 기세로 가방을 싸서 출발했다. 병아리들처럼 귀여운 녀석들 콧노래를 부르며 행렬을 시작했다. 이제 너희들 마음대로 뛰어오르며 놀라고 병아리들처럼 풀어 놓았다.

옆집 승연이는 드레스 입기를 좋아하는 여자아이다. 아랫집 범이는 소심하고 겁이 많은 남자아이다. 저희 딴에는 잔뜩 기대하고 왔는데 재미없었는지 자꾸 집에 가자고 칭얼댔다. 반면 건강하고 활달한 우리 아들만 신이 났다. 엄마가 캐놓은 냉이를 돌아다니며 봉지에 주워 담고 있었다. 아이는 엄마랑 냉이를 캐는 것인지 과수원 청소를 하는 것인지 구별되지 않을 만큼 휘젓고 돌아다니며 즐거워했지만, 범이와 승연이는 돗자리에 앉아 레고 인형 놀이에만 빠져 있었다. 밖에 나왔는데 장난감을 왜 저리 챙겨왔는지 싶은 마음이 들었다가도, 새로 산 레고 자랑을 하고 싶었는지도 모르겠네 하며 불편한 마음을 접었다. 준비해간 간식을 챙기고 있는데 사단이 벌어지고 말았다. 아이들 셋이 레고에 붙어서는 서로 갖고 놀겠다며 싸우고 있었다. 겨우 진정시키고 그날의 체험학습은 엄마들의 의도랑 전혀 상관없이 삼각관계에 싸움으로 끝이 났다.

흙 범벅이 된 옷가지와 신발을 깨끗이 빨고 열심히 캐온 냉이를 손질하려고 물에 담그는 순간, 전화벨 소리가 울렸다. 아까 아이들이 갖고 놀던 레고 중에 로봇 하나가 없어졌는데 너희 아들이 가져간 것 같으니 찾아보라는 전화였다. 순간 말문이 막히고 속이 상했다.

"아닐 거예요. 혹시라도 아이가 모르고 챙겼으면 이야기해 보고 가져 다 줄게요."

하고 통화를 마쳤다. 남의 물건 가져오고 거짓말하면 나쁜 아이니까 솔직하게 말해야 한다며. 삼십 분이 넘게 아이를 다그쳤다.

결국, 아니라고 억울해하는 아이를 붙들고 함께 펑펑 울었다. 그날 애써 캐온 냉이는 모두 쓰레기통에 쏟아 버렸다.

보지도 않은 상황을 마치 본 것처럼 확신하고 우리 아이를 손버릇 나쁜 아이로 의심하고 물어보는데 나는 왜 바보같이 따지지도 못하고 있었지? 나중에 안 사실이지만 로봇은 범이가 승연이에게 환심을 사려고 선물한 것으로 밝혀졌고 오해는 풀렸지만, 며칠간 우리 아이는 손버릇 나쁜 아이로 말도 안 되는 의심을 받았었다.

나는 유치원 등하교 시 어쩌다 마주쳐도 외면하는 속 좁은 아줌마로 입방아에 오르내렸다. 누굴 그렇게 심하게 미워해 본 적은 없었던 것 같다. 얼굴에 불화로 끼었은 듯 화끈거리고 가슴이 벌렁거리며 자존심이 상했다.

나는 어떤 상황에서도 늘 당당했다. 아이들에게도 충분한 사랑으로 남을 배려하고 자존감 잃지 말고 당당하게 사는 법을 가르쳤다. 내가 힘든 것은 얼마든지 참을 수가 있었다. 돈이 없으면 없는 대로 조금 쓰고, 여유 있으면 나눠 쓰고 주어진 상황들 속에 최선을 다했다. 알토란 같은 새끼들 있고 변함없이 신뢰하고 지지해주는 부모님이 계셨기 때문에 주눅이 들 이유가 없었다. 비록 자주 찾아뵙지는 못하지만, 열심히 사느라고 못가는 거니까 이해해 주시리라 믿었다. 남편은 열심히 돈을 벌고, 난 아이들 잘 키우면 행복하게 살 수 있을 거라 확신했다.

그러나 결혼생활은 생각처럼 순조롭지 않았고 내 아이가 상처받는 것은 참을 수가 없었다. 며칠간 끙끙 속앓이를 하고 나서 정신이 번쩍 들었다. 남편 혼자 힘들게 버는 것보다 함께 열심히 벌면, 좀 더 빨리 자리를 잡고 아이들에게 물질적으로 많은 경험과 혜택을 누리게 할 수 있겠구나 싶었다. 이제부터 아이들에게 든든한 울타리가 되어 주리라 몇 번이고 다짐했다.

친정 동생한테 연락이 왔다. 엄마가 허리 디스크 수술을 하려고 입원해 계시니 다녀가란다. 남편 월급날은 아직도 멀었다. 정해진 생활비대로 쪼개 쓰고 있는데 몇십만 원을 빼서 쓰기가 당연히 무리였다. 무거운 마음으로 며칠이 지났다. 도저히 안 되겠다 싶어서 남편한테는 말도 안 하고 아이들은 시어머님께 맡기고 청주행 버스를 타서 오후 늦게야 도착했다. 어둠이 깔리고 병원 올라가는 길은 왜 그렇게 가파르고 멀게 느껴지는지, 그래도 어금니를 악물고 부지런히 병실로 올라갔다. 병실 문을 열고 들어가는 순간 애써 태연한 척했지만 죄송스럽고 속상해서 누워계신 엄마 옆에 가지도 못했다. 발끝에서 내 설움에 한참을 흐느꼈다.

사실 아이가 다섯 살이 되도록 친정에 다녀간 것이 열 손가락 안에 들었다. 사람 노릇 하고 사는 것이 뭐가 이리 힘이 든 것인지. 만감이 교차하고 빚쟁이처럼 무거운 마음으로 이틀을 엄마 곁에서 보살펴 드렸다. 아이들하고 잘살고 있으니까 아무 걱정하지 마시라고 메모 한 장 써놓고 엄마가 잠든 사이에 서둘러 집으로 왔다. 병문안 다녀오고 며칠간 아무 일 없는 것처럼 웃고 있었지만, 가슴속에는 거칠고 딱딱한 껍데기 하나가 상처로 남아 버렸다.

결혼은 인생에 있어 가장 큰 전환점을 맞는 선택이다. 인생에서 경험하게 되는 많은 문제는 시험문제를 푸는 것과는 다르다. 시험은 몇 가지 선택지 중에 숨겨진 모범답안을 찾을 수 있지만, 인생에는 모범답안이라고 할 수 있는 것이 존재하지 않았다.

모든 선택이 나름대로 이유와 명분을 가지고 있다. 또한, 그에 따른 여러 가지 변수의 결과도 가져올 수 있는 것이 인생이다. 이렇다 하는 모범답지가 정해져 있지는 않지만 여러 가지 상황 속에 모두가 현명한 선택을 하길 바란다.

매 순간 펼쳐질 인생의 무대를 멋지게 꾸미는 것도 본인이고 진창에 빠져 허우적거리는 것도 결국 본인이 선택한 결과임을 잊지 말았으면 한다. 오늘도 멋진 인생을 향해가는 길목에 어려운 시험문제 하나를 해결한 느낌이 들었다.

젊어 고생은
사서도 한다

———

"젊어서 고생은 사서도 하라"고 했다. 젊은이라고 고생길로 무조건 뛰어들라는 것이 아니라, 인생은 고생을 피할 수 없기에 나온 말이다. 고생해본 사람들은 작고, 적은 것에도 감사할 줄 안다. 만족할 줄 아는 삶이 얼마나 소중한지 편할 때는 잘 느끼지 못한다.

고통 속에서 어떤 날 보물처럼 발견할 수 있기 때문이다. 그만큼 어려운 삶을 극복해 가며 성장의 기회로 만들었을 때 돈보다도 값진 무엇인가를 우리는 얻게 된다.

10개월 된 둘째 아이를 떼어놓고 직장생활을 해야 했다. 너무 어려서 놀이방은 받아줄 곳이 마땅하지 않았다. 일단 사무실에서 며칠만 봐주며 방법을 찾아보자 했다. 한 달간 꼬박 아침이면 아이를 등에 업고 출근을 했었다. 사무실 구석에 우유병 기저귀 보행기 등등 지금도 생각하면 그때가 제일 가슴이 시리다. 말도 못 하는 그 어린 것을 무슨 생각으로 떼어놓고 일을 했는지 지금 생각해도 잘 모르겠다. 말문도 일찍 트이고 걸음도 빨리 걸었던 큰아이와는 달리, 둘째는 16개월이 되도록 '엄마' 소리를 못했다. 두 돌이 지났는데도 통 걸을 생각을 안 했다. 하루는 너무 걱정되어 둘째를 데리고 소아청소년과를 갔다. 엄마랑 애착 관계가 형성되기 전에 너무 일찍 떼어 놓아 나타나는 현상들이니까 많이 안아주고 사랑해주라 했다. 제발 이 상황들이 지나가라고 저녁이면 아이 머리맡에서 간절히 기도했다. 일할 때는 어쩔수 없이 떼어 놓지만 함께 있는 시간만큼은 아이들에게 최선을 다해 집중했다. 힘들다고 투정할 새도 없이 하루를 25시간처럼 생활했다. 그때는 그것이 고생이란 생각이 전혀 들지 않았다.

'더 상황이 나빠지지만 않는다면 그것이 행복이다.'라고 수도 없이 자신을 위로하며 악착같이 버텼다. 어디서 그런 힘이 났는지 역시 엄마니까 가능한 일이었다.

그해 겨울은 유난히 추웠다. 아이들은 갑자기 바뀐 환경 탓인지 심하게 감기를 앓더니만 폐렴으로 입원까지 하게 되었다. 아이를 병실에 눕혀놓고도 살기 위해 일을 했다. 고객이 와달라고 하니 어쩔 수가 없었다. 든든한 울타리가 되어 주기로 했으니까 약해질 수 없었다. 눈이 하얗게 내린 새벽에 발자국 하나 없는 길을 걸어서 나도 모르게 집 근처 성당으로 향했다. 그러나 뜨겁게 흐르는 눈물과 소용돌이치는 내 안에 원망은 그 어떤 기도도 할 수 없게 했다.

집으로 돌아오는 길, 타박타박 걷다 무심결에 뒤를 돌아보았다. 발자국 두 줄이 내 뒤로 나란히 따라오고 있었다. 피식 웃음이 나왔다. 지금도 잘 이해가 되지 않는다. 그때 왜 웃음이 나왔는지……

아이들도 시간이 흐르면서 엄마랑 함께할 수 없는 것을 인정하고 받아들이는 눈치였다. 우리 가족은 그렇게 사랑이라는 이름으로 함께 시련의 한 페이지를 용감하게 넘어가고 있었다.

아빠랑 생일이 같은 아들은 늘 투덜댔다. 그래도 분명 같은 날 태어난 둘만의 비밀스러운 끈끈함이 있을 것 같다. 사랑하는 두 남자 생일에 미역국을 끓이고 갈비를 하고, 잡채까지 이만하면 진수성찬이지, 힘든 고비들이 어찌 어린아이들과 나만의 이야기겠는가? 남편도 사랑이 전부라고 믿고 결혼을 선택해 책임지고 부양해야 할 가족을 보며 얼마나 벗어나고 싶었을까? 모든 것을 남편 어깨에 올려놓은 것 같은 미안함에 가슴이 아프다. 고생하며 쉼 없이 달려온 마음 착하고 성실한 남편에게 오늘만큼은 사랑의 쪽지로 마음을 전하고 싶었다.

사랑의 쪽지

싱그러운 빛을 자랑하던 나뭇잎들이
밤새 내린 비에 힘없이 떨어지고 있습니다.
을씨년스럽게 바람이 창문을 흔듭니다.
더 이상 그 어떤 시련도 들어오지 않기를 바라며
요란한 흔들림이 조용히 잦아들길 기다립니다.

자연의 깊고 순고한 섭리 앞에 우리는 겸손을 배우나 봅니다.

가을은 더 성숙한 여인의 품처럼 모든 것을 끌어안고 있습니다.

어쩌면 사랑은 긴 기다림일지도 모릅니다.

당신의 쓸쓸했던 눈빛에서

마치 나를 보는 듯했고 운명의 수레바퀴에

망설임 반, 두려움 반, 그리고 스스로 살고 싶은 강한 의지로

나머지를 채워 가며 여기까지 왔네요.

어느 날, 불쑥 여행 가자며 어린아이처럼 보채고 싶기도 합니다.

당신이 지칠 때마다 바로 산소가 되어 주면 좋겠지만

살아온 세월만큼 감각도 무뎌졌으니

속 넓은 당신이 이해해 주면 좋겠습니다.

하나씩 둘씩 쌓여가는 소중한 우리의 추억도

벌써 스무고개를 훌쩍 넘었습니다.

시간이 뭐가 그리 중요하겠어요.

그 속에 간절함이 있고 서로의 진심이 담겨 있으니

그걸로 됐지요.

당신에 대한 절대적인 신뢰는 어찌 보면

나 자신을 향한 믿음이었고

함께 숨 쉬고 성장하고 싶어서 하는 노력은

살기 위한 필사적인 본능일지도 모른단 생각을 합니다.

숨 가쁘게 바쁜 일상에서나

어떤 책임의 굴레에서 모두 내려놓고 싶을 때

그래도 세상에 단 한 사람 당신이 내 곁에 있음을 감사합니다.

문득 올라오는 섬뜩한 이별의 두려움은

당신에 대한 사랑이 부족한 내 탓일지도 모릅니다.

아무리 부정해도 자연스럽게 당신을 사랑했던 것처럼

먼 훗날 이별도 그렇게 찾아오겠지요.

자연스레 벌써 마음이 아파지니까 생각하지 않겠습니다.

우리가 함께했던 행복한 추억들을 떠올리며 가슴을 쓸어냅니다.

머리끝부터 발끝까지 당신에 대해 내가 모르는 것이 있었나요?

되짚어 곰곰이 생각해보니 사랑은 관심이었습니다.

서로를 향한 끊임없는 관심!

나는 당신의 눈짓, 손짓, 마음 짓을 읽고

그 진심 속에서 당신과 나의 사랑을 확신합니다.

부족한 나를 어여삐 여길 줄 아는 당신이 있어 행복합니다.

영원히 당신을 사랑합니다.

세상에는 두 종류의 사람이 있다고 합니다.

지혜로운 척하는 사람과, 진짜 지혜로운 사람.

진짜 지혜로운 사람은 자기가 할 수 없는 일은 하지 않고

사랑 하나 믿고

할 수 있는 일에만 몰입하는 사람이라고 합니다.

지나온 삶 속에 우리는 앞으로 작은 것에 감사 할 줄 아는

보석 같은 삶이길 소망합니다.

경험이 주는 교훈만큼 값진 삶은 없는 것 같습니다.

그렇게 지난 세월이 주었던 주름살은

어느새 우리를 더욱 단단하게 이어주고 있었습니다.

자존심
지키기

———

　휴일이라 일찍 저녁을 먹고는 아들의 손을 잡고 집 근처 공원으로 산책을 나섰다. 어디서 낙엽 태우는 냄새가 솔솔 났다. 발걸음을 멈춰 서서 잠시 눈을 감았다. 코끝으로 전해지는 진한 냄새가 더없이 편안하게 느껴졌다. 문득 어스름 저녁까지 일하고 계셨던 친정아버지의 거칠고 투박한 손이 뇌리를 스쳐 갔다.

　고구마를 캐겠다며 주섬주섬 자루와 호미를 챙기는 아버지 곁에 호기심 많고 말 많은 6살짜리 딸은 앞장을 섰다. 함께 가고 싶다며 먼저 서두르는 딸이 귀여웠는지 "바로 오자고 하면 안 된다."고 하시며 나를 번쩍 안아 경운기에 태웠다. 겨우 차 한 대 다닐 만큼 좁은 산길을 올라가 모퉁이에 경운기를 세워 놓고 논두렁길을 걸어 산 밑 고구마 밭에 도착했다.
　높은 하늘과 따사롭게 비치는 햇살 사이로 단풍이 참 고왔다. 작대기로 장단을 맞춰가며 노래를 가르쳐 주면 흥에 겨워 목청껏 따라 부르는 딸이 대견했는지 자꾸만 불러 보라고 아버지는 재촉하셨다. 콧노래를 흥얼거리며 아버지가 줄기를 걷고 고구마를 도랑에 캐놓으면 양동이에 총총걸음으로 하나씩 둘씩 고구마를 담아왔다.

생글생글 웃으며 말벗이 되는 어린 딸을 보며 아버지는 행복해하셨다. 자루가 제법 묵직하니 겨우내 간식은 걱정 없겠다 하시며 가을걷이가 한창인, 콩 가지, 고춧대를 말끔히 정리하고 옆에 피워놓은 불 위에 고구마 몇 개를 얹어 놓았다. 타닥타닥 요란한 소리와 함께 구수한 냄새가 났다. 김이 모락모락 속이 노란 고구마, 손과 얼굴엔 검둥개처럼 까맣게 칠을 한 채 아버지와 함께 달콤한 사랑을 먹고 있었다. 고구마 익는 냄새와 낙엽 타는 소리가 지금도 마치 어제 일처럼 생생하다.

시간 가는 줄 모르고 한참을 재롱을 부리더니만 고단했는지 주위를 정리하는 아버지 곁에서 꾸벅꾸벅 어느새 나도 모르게 졸고 있었다. 날은 벌써 저물고 있었다.

"무릎은 또 언제 이리 다친 게야."

혼잣말로 걱정하시며 슬그머니 어린 딸을 등에 업고 아버지는 산에서 내려오셨다. 내려오는 산자락 끝에 설핏 잠에서 깬 나는 아버지의 넓은 등에서 참으로 행복했기에 다시 눈을 질끈 감아버렸다. 아버지 옆에서 시집 안 가고 평생을 살겠다던 거짓말쟁이 딸은 결혼해서 남편과 아이들의 건강을 먼저 챙기고 있다.

어린 딸은 오십이 넘었다. 아버지의 조건 없는 신뢰와 사랑의 힘은 고단한 삶을 지탱해주는 원천이었다. 돌아가신 후에야 알게 되었다.

그 큰 산이 얼마나 힘이 되었는지, 불효한 것 같은 송구스러움에 주
르륵 또 뜨거운 눈물이 흐른다.

"열 가지 재주 가진 사람이 빌어먹는다. 그러니 한 우물만 파야
한다."

아버지는 늘 살아생전 같은 말씀으로 딸에게 당부하셨다. 자식 셋
중 유난히 영특하다고 자랑하시던 딸을 아버지는 특히 더 사랑하셨다.

아이들 키우면서 일을 한다는 것은 결코 만만한 일은 아니었다. 이
것저것 너무 완벽하게 하려다 보니 당연히 고충이 따랐다. 몸은 말할
것도 없이 늘 물먹은 솜이불처럼 무겁고 고단했다. 출근한 지 일주일
이 지났다. 그동안에는 영업에 전반적인 이야기와 교재에 대해 교육
을 받았다. 중간마다 현장 지도를 위해 선배들과 함께 영업을 나갔었
다. 간단하게 영업 회의를 마치고 이제부터 각자 고객관리를 하러 나
가든지 새로운 고객을 만들든지 해야 했다. 막상 아이들 교재를 남편
한테 부담 주지 않고 사주고 싶어서 출판사 영업을 시작하긴 했지만
어디로 가야 할지 막막했다. 기어들어 가는 목소리는 목구멍에서 간
질간질 말문이 트이지 않았다. 육아에 필요한 유익한 정보들을 잔뜩
복사해서 가방에 챙기고 부모님이 좋아하시는 참외 한 봉을 사서 조
카들을 보러 갔다. 만만한 것이 조카들이 제일 먼저 떠올랐다. 최소
한 창작동화 한 질은 사주겠지. 내심 기대를 했던 것 같다. 도착해 보
니 아무도 없었고 아버지 혼자서 집 앞에 있는 논에 물꼬를 트고 계
셨다. 양손을 번쩍 들어 소리쳐 부르며 반가워했다. 빙그레 웃으시며

　　　　　　　　　　　　　　　사랑 하나 믿고

"어쩐 일로 왔냐?" 하셨다.

"갑자기 아버지 보고 싶어서 왔지요."

"고단할 텐데 금방 올 테니 한숨 자고 있어라."

그렇게 한순간 다시 어린 딸로 돌아간 나는 정말 오랜만에 친정집에서 편히 누웠고 그 길고 단잠에 곯아떨어져 버렸다. 주방에서 덜그럭거리는 소리에 나도 모르게 정신이 번쩍 들었다. 아버지는 때 이른 밥상을 차리고 계셨다. 신 김치 총총 썰어 넣고 콩나물국을 끓이셨다. 시계를 보니 어느새 오후 4시, 아침부터 동동거리느라 한 끼도 못 먹은 내 빈 배는 눈치도 없이 꼬르륵 소리를 뱉어내고 있었지만, 아버지의 밥상을 앉아 받기는 너무도 죄송한 마음이 들었다.

"아……. 차 시간 때문에 밥을 못 먹어요."

"얼른 한술 뜨고 가라."

아버지의 얼굴에는 서운한 기색이 역력했다. 차마 아버지 정성을 외면할 수가 없었다. 밥 한 숟가락을 빨간 콩나물국에 말아 먹으려는데 야속하게도 왈칵 눈물이 쏟아지고 말았다. 차마 고개를 들지 못했다. 눈물이 콩나물국에 동동 떠오른 신 김치 위로 톡톡 떨어졌다. 그때마다 더 후루룩거리며 애써 들키지 않으려 노력했다. 그런 딸에게 아버지는 아무것도 묻지 않으셨다.

"밥은 먹고 다녀라. 배고프면 더 서러우니까."

주름이 그 새 더 깊어진 아버지는 짧게 한 말씀 하시고 다시 삽을 들고 논으로 가셨다. 다음날 사무실로 출근해 보니 창작동화와 원목 놀이 세트 주문이 들어와 있었다.

"우리 딸 앞으로 책 삽니다."

아버지가 조카들 앞으로 배달을 시키셨다. 이렇게 나의 첫 계약은 이루어졌다.

이제 아삭아삭 콩나물국을 끓여 주시던 아버지는 안 계신다.

그러나 세상 앞에 당당하게 주저하지 않고 나설 수 있었던 것은 그날 배불리 먹었던 설익은 콩나물국의 힘이라 믿고 있다. 앞으로도 살면서 아무리 속상해도 그날의 아버지만큼 속상하지는 않을 것 같다.

자존심 상할 일이 있어도 콩나물국밥 한 그릇 배불리 먹고 당당히 살아가야겠다고 다짐한다.

사랑 하나 믿고

2장

막무가내 취업

출판사로
달려가다

　장난감 도둑 누명에 관한 오해도 풀 겸, 나에게 사과를 하고 싶다고 범이 엄마로부터 전화가 왔다. 어른들은 아직 서먹한데도 아이들은 금방 또 아무 일도 없었다는 듯이 친구가 되었다. 먼저 전화를 주었으니 매몰차게 싫다고 거절하기도 그래서 아이들을 데리고 범이 집에서 모이기로 했다.

　범이 아빠는 경찰관이고 엄마는 피아노학원 선생님이었다. 아이들 방에는 장난감이며 책들이 꽉 차 있었다. 피아노에 바이올린, 성경 비디오, 영어 비디오, 부족한 것 없이 정말 최적에 교육환경을 만들어 주고 있었다. 아이들끼리 비디오를 시청하며 놀게 하고 엄마들은 차를 마시며 담소를 나누었다.

　시간 반 동안 이야기를 나누면 나눌수록 마음이 불편해지기 시작했다. 나름 각자 다른 교육관이 있는데 도대체 왜 강요하는 거야? 속으로 기분도 상하고 이제 늦었으니 집에 가자며 더 놀고 싶어라 하는 아이를 재촉해 집으로 왔다. 인정하고 싶지 않았지만 부러웠다.

　아이에게 좋은 환경을 마련해 주는 그들 부부의 경제적 능력이 부러웠고 좋은 교육환경에서 자라는 아이가 부러웠다. 집으로 돌아와서 아이들을 일찍 재우고 곰곰이 생각했다. 남편 혼자 벌어서 겨우 생활비 쓰고 둘째 분유 값하고 어쩌다 외식 한번 하는 것에 만족해야 하나, 사고 싶은 옷 있으면 가격 라벨 먼저 보고 이렇게 빠듯하게 사는 것이 제일 나은 선택일까?

그다음 날로 아이들을 데리고 삼성출판사를 찾아갔다.

"사장님, 제가 내일부터 입사해서 책값을 갚을 테니 창작동화, 성경 비디오, 원목 놀이기구 모두 주실 수 있나요?"

흔쾌히 허락을 받고 굳은 결심을 하게 되었다. 더는 남편만 믿고 있을 수는 없었다. 남을 부러워만 하지 말고 아이들에게 좋은 교육 환경을 만들어주자고 다짐했다. 열심히 하면 누구보다도 잘 키울 자신이 있었다.

큰아이가 만 4살, 작은아이는 15개월이었다. 출판사에 면접을 보고 나오면서 시댁엘 갔다.

"더는 아비 혼자 벌어서 형편 좋아지기 힘드니 함께 직장생활 하겠습니다. 대신 아이를 좀 봐 주실 수 있을까요?"

시댁 어른들은 애들이 아직 어린데 무슨 소리냐며 한마디로 거절을 하셨다. 어머님은 당신께서 안 된다고 하시면 포기할 거로 생각하셨던 것 같다. 그러나 포기할 수 없었다. 이미 책들은 집으로 배달됐고 아이들은 이것저것 꺼내서 즐겁게 놀고 있었다. 남편은 걱정했다. 어린애들을 그냥 집에서 잘 보살피는 것이 돈 버는 거 아니냐며 반대를 했다. 딱 5년만 열심히 벌어서 작은 가게라도 하나 차릴 수 있으면 그만두겠다고 남편을 설득시켰다.

출근 시간에 맞추려면 새벽부터 일어나서 준비해야 했다. 큰아이를 직접 데려다주고 출근을 해야 했다. 잠도 덜 깬 상태로 가기 싫은 어린이집을 몇 날 며칠 울면서 등원을 했다. 둘째는 너무 어려서 받아주는 어린이집이 그 당시엔 없었다. 우선 아쉬운 대로 사무실에 돗자리를 깔아 놓고 경리 아가씨가 우유 먹이고 기저귀를 갈아 주며 돌봐주기로 했다. 그렇게 고단한 일상이 시작되었다.

매일같이 새벽 6시에 일어나 젖병을 삶고 기저귀를 챙기고 하루 일할 것을 계획하고 제일 먼저 출근하고 제일 늦게 퇴근을 했다. 한 손엔 아이가 온종일 먹을 우유와 이유식, 기저귀가 있었고 한쪽 손엔 고객들 정보 카드와 모형 교구가 있었다.

아무도 없는 사무실, 문을 열고 들어가 아이를 업은 채로 청소부터 시작했고 난로를 켜놓고 동료들이 오면 차를 마실 수 있게 커피 물을 준비했다. 아이를 데리고 출근하는 것이 행여나 동료들에게 누가 되지는 않을까 하는 미안함을 조금이나마 만회하고 싶었다.

떨어지지 않으려는 아이를 떼어놓고 집마다 미친 듯이 돌아다니며 영업을 하기 시작했고 하루라도 오더를 끊지 않으면 사무실에 퇴근하지 않았다. 사무실에 퇴근해서 보면 울다 지쳐 얼굴이 꼬질꼬질해서 잠든 아이를 붙들고 입술을 깨물며 다짐을 했다.

'아무 걱정하지 말고 엄마만 믿어!'

약해지지 않으려고 자신을 가혹하리만큼 철저히 관리했고 일에 최선을 다해 집중했다. 집으로 돌아와서도 바로 쉴 수가 없었다. 밀린 집안일에 고객들 상담 내용 정리하고 자려고 누우면 자정을 넘기는 날이 허다했다.

종일 돌아다니느라 퉁퉁 붓고 아픈 다리를 주무르며 생각했다. 더나은 미래를 향해가고 있다고, 포기하고 싶을 때도 있었지만 그럴 수가 없었다.

차가운 시멘트 바닥에서 온종일 엄마만 기다리며 눈치 보고 있을 자식들 생각하면 오로지 한 가지, 얼른 계약 하나 해서 사무실 들어가야지. 자식들 배고플 텐데 집에 가서 따뜻한 밥 마음 편히 먹여야지. 사무실에서 아이를 보살펴주었던 아가씨는 수녀원에 입소해 현재 특수교육이 필요한 아이들을 가르치고 있다. 진심으로 고마웠노라 가끔 만나면 지나간 이야기를 하며 서로의 삶을 격려해 준다.

한 달에 두 번씩 구두 굽을 갈았다. 입사해서 퇴사하는 날까지 결근이란 있을 수 없었다. 폐렴으로 아이를 병원에 입원시켜놓고도 고객과의 약속을 지키려고 영업을 하러 갔었다.

억척을 떨어대며 한 달이 지난 어느 날, 어머님이 조용히 부르셨다. 미안하다 하시며 내일부터 애들 걱정하지 말고 직장 다니라고 어머님이 봐 주시겠다고 허락하셨다. 오랜만에 할머니 품으로 달려드는 아이들을 안아주시며 눈시울이 붉어지셨다. 시댁과는 같은 아파트 단지에 살았다. 그동안 매일같이 들러서 손주 녀석들 재롱에 즐거워하시고 행복해하셨어야 했는데 저녁 먹고 올라가라 하시는 말씀도 못 들은 척하고 기필코 집에 가서 늦은 저녁을 챙겨 먹었었다. 한 달이 넘게 손주들 재롱을 못 보셨으니 몸살이 나실 만도 했다. 아이들 손잡고 힘들게 올라가는 내 뒷모습을 어머님은 먼발치서 보셨던 것 같다. 저러다 그만두겠지. 아니, 그만두길 바라셔서 손주 돌보는 것을 거절하셨는지도 모르겠다.

결국 어르신들은 며느리의 명분 있는 고집을 들어 주셨다. 아이들은 할머니 품에서 조금씩 안정을 찾아갔다. 나 역시 별 무리 없이 하루하루 잘 적응해 가고 있었다.

막무가내로 출판사에 달려가 돈 없으니 몸으로 일해서 갚겠다던 그 배짱은 어디서 나왔을까?

아마도 아이들에 대한 간절한 마음이 전달되었던 것 같다. 그 간절함이 나를 지탱할 수 있게 했다. 꼬맹이 아들은 이제 스무 살이 넘었다. 아들은 가끔 이 세상에서 누가 제일 좋으냐고 물어온다.

"당연히 우리 아들이지."

"내 인생에 1순위는 항상 엄마야."

이렇게 진실 같은 거짓말로 엄마에게 무한 감동을 준다. 여자 친구 생기면 언제든 순위는 양보해야지 알면서도 막상 그 일이 닥치면 서운할 것 같은 주책도 떨어본다. 아들의 모습에서 시집 안 가고 아버지랑 살겠다던 어린 나를 발견하는 것은 참 우습다. 때가 되면 자연스럽게 독립해서 나가겠지만 언제까지나 이 녀석은 아픈 손가락이다.

막무가내 취업

팍팍한 현실

―――――

등산하다 보면 가파른 곳도 있고 평탄한 길도 있다. 금방이라도 도착할 것 같은 고지는 가도가도 끝이 보이질 않아 지치기도 한다. 그러면 잠시 앉아서 올라온 높이만큼 산 아래를 내려다보며 쉬면 된다. 경치를 감상하고 달달한 간식 하나 챙겨 먹는 재미가 일품이다. 잠깐의 휴식으로 다시금 힘을 얻어 정상을 향해 올라간다.

산행해본 사람은 누구나 정상 바로 직전 코스가 가장 험하고 힘들다는 것을 공감할 것이다. 특별한 이변이 없는 한 그곳까지 갔다면 절대 포기하지 않는다. 올라온 것이 아깝기도 하고 정상에서 내려다보는 풍광에 모든 시름이 사라진다는 것을 알기 때문이다.

같은 산을 두 번째 오른다면 능숙해지기도 하고 거리가 짧게 느껴진다. 분명 같은 거리임에도 불구하고 그리 느끼는 것은 코스별로 어찌 올라야 수월한지 경험치를 통해 터득했기 때문이다. 우리 인생도 이렇게 코스별로 앞을 볼 수 있는 산행 같다면 한결 가벼운 마음으로 오를 수 있지 않을까?

하루는 온몸이 불덩이처럼 끓고 이빨을 부딪치며 사시나무 떨 듯하고 눈에는 핏발이 서려 도저히 참을 수가 없었다. 새벽에 병원을 찾았다. 며칠째 입안이 다 헐어서 제대로 먹지를 못했다.

"영양실조에다 폐렴입니다. 당장 입원하세요."

당직 의사의 말을 뒤로하고 아무런 준비 없이 왔으니 "그냥 영양제 놔 주세요." 했다.

항생제와 영양제가 빠르게 혈관을 타고 들어갔다. 잠깐이지만 깊은 수면으로 빠져들었다.

병원에 급히 오면서 남편에게 메모해 놓고 오긴 했지만, 아이들이 유치원엔 잘 갔을까? 걱정되었다. 응급처치 후 집으로 돌아와 보니 남편의 메모가 보였다. 아이들은 챙겨서 유치원에 데려다주고 출근할 테니 걱정하지 말고 오늘 하루 푹 쉬란다. 얼마나 잠을 잔 것인지 아이들이 엄마 하며 흔들어 깨웠다.

"많이 아파?"

큰아이는 이마에 손을 올리며 심각한 표정으로 엄마 걱정을 하고 있었다.

"괜찮아 감기 옮으면 큰일 나니까 오늘부터 아빠랑 잘 수 있지?"

아이를 안심시키고 주섬주섬 입원할 채비를 했다. 몸 상태의 심각성을 모르고 남편은 꼭 입원해야 하느냐고 한마디 했다.

"야속한 사람, 애들이나 잘 보살피고 있어. 이삼 일 있다 바로 퇴원할게."

그 길로 입원해 일주일을 병원 신세를 졌다. 할머니랑 아빠가 옆에 있어도 아이들에겐 엄마가 전부였다. 유치원 다녀와도 엄마가 없고 병원엔 감기 옮는다고 데려오지도 못하게 하고 졸지에 이산가족이 되어버렸다. 아이가 밥도 안 먹고 잠도 안 자고 소리도 안 내고 눈물만 닦고 있다고 했다.

"애처로워 못 보겠다. 이러다 애 잡겠다 싶어 데려왔다"며 시어머님이 아이들을 데리고 병원에 오셨다.

아이는 나를 보자마자 애써 참고 있던 눈물을 터뜨려 버렸다. 와락 달려들어 엄마 품에서 대성통곡을 해댔다. 갑자기 아이는 "엄마 미워, 싫어, 나빠." 하며 소리를 질러댔다. 아마도 어린 마음에 엄마가 자기를 버리고 갔다는 생각이 들었었나 보다. 미안하다는 말로 한참을 다독이고 며칠간의 상황을 이야기해 주었다.

고개는 끄덕였지만, 가끔 의문이 들 때가 있다. 정말 이해를 하고 끄덕인 것인지 분위기에 마지못해 끄덕이는 흉내를 낸 것인지 불가피한 상황이긴 했지만, 아이의 마음을 불안하게 한 것 같아 미안했다. 엄마는 아파도 내색할 수 없다. 아이들이 불안해하고 집안 꼴이 말이 아니다. 여자가 아프면 남편도 애가 된다.

며칠간에 난리를 치르고 출근을 했다. 영업 회사이다 보니 실적대로 그래프가 올라가 있었다. 신입사원의 하늘 높은 줄 모르고 치솟던 그래프는 점 하나 찍고 멈춰 있었다. 앞에서는 서로 동료이고 선후배라고 해도 실상 일로 들어가 보면 모두가 경쟁 상대였다.

최선을 다하는 나의 모습은 상사들은 좋아했지만, 동기들에게는 늘 시기의 대상이 되었다. 앞만 보고 열심히 내 할 일 하면 된다지만 주위 사람들의 시선들을 견디기는 쉽지 않았다. 무언의 시기는 참을 만했다. 열심히 개척해서 기껏 고객 마음 열고 딱 계약서만 쓰면 되는데 아는 지인이라는 이유로 계약을 가로채는 얌체 같은 행동을 하는 직원들을 보면 어이없기도 하고 정말 화가 났다. 부당하다는 생각도 들지만, 하루 이틀 볼 사이가 아니기에 마음 진정시키고 일해야 했다.

아침마다 영업 회의를 하고 각자 일정을 짜서 영업하면 된다. 어차피 일이란 것이 자기 시간 관리에서 성패가 정해지고 얼마나 열심히 하느냐에 따라서 결과물이 정확히 나오는 것이 영업이었다.

여느 때와 마찬가지로 열심히 일하고 사무실로 귀소하는데 G팀장이 불렀다. 내일 아침 회의 때 영업 수당문제로 건의를 할 거니까 한마디 거들라고 했다. 다음날 출근해 보니 분위기가 심상치 않았다. G팀장은 사장을 향해 거칠게 요구했다. 사장은 무리하게 요구하는 수당조건도 맘에 안 들었지만, 그 태도에 더 실망하신 것 같았다. 내가 나설 자리가 아닌 것 같아 한마디도 하지 않았다. 자신도 이해할 수 없는 말도 안 되는 상황인데 어찌 다른 사람을 설득할 수 있겠나 싶었다. 사장님은 일단 며칠 생각해보고 수당을 어찌 정할지 고려해보마 하셨다.

문제는 다음날부터였다. 세 개의 부서로 이루어져 있었는데 팀장들이 한 명도 출근을 안 했다. 우리 팀장도 직원들에게 문자 하나 남기지 않았다. 직원들은 우왕좌왕 어쩔 줄 모르고 눈치만 보고 있었다. 고객들하고 약속이 우선이니 어서들 챙겨서 일하러 가자고 서둘러 사무실을 나왔다. 동요되지 않고 일했다. 아이들 유치원 보내놓고 농땡이 필 마음에 여유가 내게는 없었다. 아이들은 감기를 달고 살았고 유치원 갈 때마다 엄마 품에서 헤어지는 게 싫다고 울어댔다. 이런 아이들을 놓고 어찌 시간을 허투루 쓸 수 있으며 열심히 살지 않을 수 있겠는가?

결국 사장님이 모두 들어주는 조건으로 이삼 일 후에 팀장들은 출근했다. 그러나 분위기는 예전 같지 않았다. 서로 견제하고 눈치 보고, 결국 그 일로 팀장 한 명이 자청해서 사직서를 제출하며 이 사건은 잠정적으로 마무리가 되었다.

본인의 입장이나 요구 사항을 관철하려면 상대의 마음을 파악하는 것이 우선이다. 그리고 반드시 그렇게 할 수밖에 없는 명분이 있어야 한다. 무조건 자기 입장만을 요구하는 일은 될 수 있으면 하지 말아야 한다. 서로에게 상처로 남기 때문이다. 사흘간에 무단결근으로 소기의 목적은 달성할 수 있었겠지만, 그 이후 많은 부작용이 따랐다. 아마 큰 파문이 일어날 것을 그때는 몰랐을 것이다.

팀장으로서 위엄을 잃은 사람들은 더 직원들을 통제할 수가 없었다. 매출은 하락하고 팀원 간에 갈등은 심해졌다. 현장에서 열심히 고객들을 만나 육아 정보를 나눠주며 교재를 판매하는 것이 아니라 부진한 영업 실적을 뒤에서 앉아 서로에 탓으로 돌리며 탁상공론만 해댔다. 갈등의 시작은 다른 경쟁사에 빌미를 주었다. 소문은 꼬리에 꼬리를 물고 사무실이 망했다며 기존 계약들도 취소로 이어졌다.

퇴원하고 얼마 되지 않아 몸 상태는 좀처럼 회복될 기미가 안 보였다. 입사 이래로 일하기에 최악의 상황들은 나뿐만 아니라 모두를 힘들게 했다. 결국, 수입이 안 되는 직원들은 견디지 못하고 하나둘 떠나갔다. 세상에 공짜로 얻어지는 것은 아무것도 없다. 무엇인가 얻기 위해서는 그만한 값을 치러야 한다.

아이들
앞에서 눈물

———

사랑하기 때문에 감수해야 할 일이 너무 많다는 것을 결혼하고 나서야 알았다. 어렵게 아이들을 키우면서 말없이 흘린 눈물도 사랑하기 때문에 기꺼이 감당해야 하는 희생임을 알게 되었다. 유행가 가사 속에 우리의 삶이 녹아 있었음을 나이 먹으면서 더욱더 절실히 공감하게 되었다.

남편의 직장은 위태로웠다. 줄줄이 회사가 부도가 났고 열심히 일해도 월급이 제 날짜에 나오지 않는다거나 갑자기 온다간다 말도 없이 숨는 사주들도 있었다. 할 수 없이 일당이 좀 나은 회사에 계약직으로 근무를 하게 되었다. 출퇴근 거리는 멀었기 때문에 기숙사에서 숙식을 해결하고 주말이면 빨래를 잔뜩 싸서 오곤 했다. 주말에는 아빠랑 놀 수 있다는 기대로 아이들은 애타게 아빠만 기다리고 있었다. 토요일 근무를 마치고 늦어도 오후 2시면 도착할 남편은 아무런 연락도 없이 오지 않았다. 처음엔 무슨 일이 생겼나 걱정이 되었다. 저녁 10시 넘었는데도 오질 않았다.

늦은 저녁을 먹이고 아이들을 달래서 겨우 재웠다. 도저히 걱정돼서 참을 수가 없었다. 자는 아이들은 어머님께 부탁을 드렸다. 시동생 차를 타고 기숙사로 갔다. 불은 꺼져 있고 초인종을 눌러도 인기척이 없었다. 실망하고 터벅터벅 내려오는데 저만치서 경비 아저씨가 오시며 말씀하셨다. 오늘 오전에 근무 끝나고 모두 집으로 가서 기숙사에 아무도 없다는 것이었다.

왜 전화를 안 해주는 건지 기다리는 줄 뻔히 알면서 그래도 무슨 사정이 있겠지. 나름 이해하면서 마음을 가다듬고 집으로 돌아오려는 순간, 맙소사! 그동안 남편에게 보냈던 편지들이 우체통에 그대로 꽂혀 있었다. 누가 보는 것도 아닌데 그 컴컴한 밤에 도둑질하다 들킨 사람처럼 후다닥 편지를 챙겨서 차에 올랐다. 울지 않으려고 입술을 깨물었다. 기가 막히고 가슴이 답답했다. 숨을 제대로 쉴 수가 없었다. 아무리 급한 일이 있어도 기다릴 가족을 생각한다면 전화 한 통 해주어야 했다. 그것이 함께 사는 부부의 예의였다. 아무리 회사 일이 바쁘고 무심한 성격일지라도 편지만은 읽었어야 했다.

일주일에 한 번 집에 와서 아이들과 놀아주기는커녕 잠만 자다 가는 남편이어도 좋았다. 제대로 챙겨 먹지도 못하고 아이들과 맘껏 놀아주지 못하는 아빠 마음은 오죽할까? 싶어서 말없이 이해하고 봐줬다. 육아에, 회사 일에 입에 단내나도록 힘들었다. 모두가 내 몫이라 생각되어 내색하지 않았다. 설사 서운한 것이 있어도 속정은 깊은 사람이니까 하며 혼자 삭히고 말았다. 월급을 몇 달씩 안 가져와서 세금

막무가내 취업

고지서가 쌓여도 그이 자존심 상할까 봐 얼른 감추었다. 앞으로 잘 살수 있을 거야. 우리 조금만 힘내자고 위로하며 살았었다. 가진 것이 없어서 자식 노릇 부모 노릇 제대로 못 하는 상황이 자존심 상하지만 어쩔 수 없는 일이고 언젠가는 잘살 수 있다는 희망을 품고 있었다.

남편도 분명 내 마음과 같을 거라 믿고 있었다. 그러나 남편 마음 속엔 가족은 어린 나이에 책임져야 할 무거운 짐처럼 생각된 것 같았다. 편지를 보는 순간 그동안 나는 뭐한 걸까? 미치도록 후회하고 있었다. 정신 나간 여자처럼 허공에다 대고 소리 지른 꼴이 돼버린 내 모습이 초라해서 견딜 수가 없었다.

집에 도착해 보니 아이들은 어머님이 시댁으로 데려가셨다. 다행이다 싶었다. 더 이상 미래가 없는 남자와는 살고 싶지 않았다. 결혼 사진부터 찢어 버렸다. 추억을 모두 지우고 싶었다.

문을 안에서 잠갔다. 밖에서 남편과 아이들이 초인종을 눌러댔다. 이틀 동안 물 한 모금 넘기지 않고 독하게 버텼다. 그러면서 조용히 정리하고 있었다. 아등바등 살 땐 몰랐다. 자존심 하나로 버티고 있었던 여린 마음에 얼마나 많은 생채기가 났었는지를, 이틀 만에 굳게 닫혀 있던 현관문이 열렸다.

아이들은 엄마 눈치를 보고 있었다. 힘껏 안아주었다. 그리고 며칠 만에 조용히 밖으로 나왔다. 주머니에 이만 칠천 원이 들어 있었다. 수중에 있는 것을 다 털어 아이들이 좋아하는 딸기 케이크 하나를 샀다. 슈퍼에 들러 주스와 맥주도 한 병씩 담으며 비련의 여주인공처럼 마지막 만찬을 준비하고 있었다. 케이크에 촛불을 켜고 돌아가면서 하고 싶은 말을 해보기로 했다. 남편은 아무 말도 하지 않았다. 아니 할 수가 없었겠지. 어떤 연유로 이런 상황들이 벌어졌는지 주말 새벽에 무슨 일이 일어났는지 모든 것이 자기 때문이기에 어떤 변명도 하지 않았다.

아이들은 이상한 기운을 눈치챘는지 두 녀석 다 엄마 복에 매달리며 울기 시작했다.

"엄마랑 헤어지기 싫어. 함께 살고 싶어요."

입술이 부르틀 정도로 깨물며 참았던 눈물이 터져 버렸다. 아이들을 붙들고 엉엉 소리 내서 울었다. 아무리 사는 것이 지치고 힘들어도 엄마가 자꾸 훌쩍거리고 울면 아이들이 불안해할까 봐 그동안 참았다. 아이들을 부둥켜안고 짐승처럼 울부짖는 아내를 보고 남편도 정신이 번쩍 들었던 모양이었다. 미안하다. 다시는 당신 맘 아프게 하지 않겠다며 한 번만 기회를 달라고 싹싹 빌었다. 시아버님은 부부가 떨어져 사니까 이 사단이 벌어졌다고 역정을 내시며 당장 직장 정리해서 집으로 오라고 하셨다. 아버님은 다음날 기숙사에서 남편 짐을 챙겨 오셨다. 며칠간에 지옥 같았던 상황들은 그렇게 주말부부를 청산하는 것으로 정리가 되었다.

사랑이 무어냐고 물으신다면 눈물의 씨앗이라고 말하겠어요. 입속에서 맴도는 노래가 있다.

지나온 시간을 구구절절이 하소연하듯 말하려는 것이 아니다. 다만 사랑에 책임을 져야 한다고 말하는 것이다. 살다 보면 좋을 때도 있지만 슬플 때도 있는 것이 인생이다. 좋을 때는 행복해서 살고 힘들고 고통스러울 때는 불행해서 헤어진다면 세상에 온전한 가정은 하나도 존재하지 않을 것이다.

한 장도 남지 않은 결혼사진 속 모습이 얼마나 눈부시게 예뻤는지 이제 가물가물하다. 그러나 성혼 선언문에서 말했던 것처럼 즐거울 때나, 괴로울 때나, 성할 때나, 병들었을 때나, 오로지 이 남자 이 여자만을 사랑할 것을 맹세합니다. 아들 결혼식에 혼주로 서면 분명 또 가슴이 뭉클하고 눈시울이 붉어질 것이다. 그러나 그 눈물의 의미는 분명 다르다. 앞으로 펼쳐질 인생길은 눈물 흘릴 일 보다 웃을 일이 많았으면 좋겠다.

입사 2년 만에

사람과 친해지는 데는 3가지 단계가 있다. 미소, 인사, 칭찬.

인간의 뇌에는 73% 부정적인 생각들로 채워져 있다고 한다. 부정적이니 마음의 문을 열긴 쉽지 않겠지만 사람에게 환영받는 비결은 미소로 다가가서 인사를 나누고 칭찬을 할 때 부정적인 뇌는 자연스럽게 경계를 풀고 호감으로 바뀐다는 것을 오랜 경험을 통해 알게 되었다.

칭찬 한마디가 사람의 모든 의욕을 상승시킨다. 상대방의 이름을 기억해 주는 것도 인간관계의 좋은 비법이다. 괴로운 생각으로 힘들다면 스스로에게도 다른 사람에게 대하듯 미소, 인사, 칭찬을 실천해 보길 권하고 싶다. 미소가 최대의 처방전임을 잊지 말자.

아침부터 분주했다. 마감이 얼마 남지 않아 다들 실적 그래프에 신경이 곤두서 있었다. 평소대로 고객 카드를 분류하고 아기 엄마들이 좋아할 만한 한글, 한자, 숫자로 코딩된 예쁜 벽 그림을 챙겼다. 만반에 준비를 해서 아이들이 어린 새댁들이 많은 아파트로 일할 곳을 정했다.

　막무가내 취업

"아영 엄마 잘 지냈어요? 네 민주 엄마도 나와 계시네요. 반가워요. 둘째도 많이 컸네요."

아파트 놀이터에 엄마들이 모여 있었다. 유모차와 세발자전거를 끌고 나와서는 이야기꽃을 피우고 있었다. 활짝 웃으며 먼저 다가가 아이들 칭찬을 했다. 출판사 아줌마가 웃으며 다가오니 영업하려고 하는 군. 잔뜩 경계하고 있었다. 아이들과 놀아주기도 하고 시댁에 다녀와서 스트레스 받은 이야기를 맞장구치며 듣기만 했다. 실컷 이야기하고 엄마들은 "뭐 좋은 책 새로 나온 거 있어요?" 스스로 경계를 풀고 물어보았다.

조급한 마음을 눈치채게 하면 안 된다. 아영이네 집으로 올라갔다.

영 유아기에 왜 아이들에게 오감 교육이 필요한지 듣기 교육이 아이들에게 미칠 수 있는 영향에 대해서 충분히 설명해 주었다. 사실 교재 이야기는 10분이면 끝난다. 그다음은 필요성과 교재 구매 후에 변화될 아이들의 모습만 확실히 어필하면 대부분 엄마는 사는 쪽으로 결정을 하신다.

아영 엄마는 아파트 통로에서도 성격 좋기로 소문이 났다. 교육열은 둘째가라면 서러울 정도였고 다방면으로 정보도 빨라 아이들을 야무지게 키우고 있었다. 이런 아영 엄마가 선택한 교재라면 믿고 사주겠다며 통로 엄마들은 빠듯한 살림에서 결국 교재비로 사랑스러운 아이들을 위해 투자를 결정하게 되었다.

물론 이렇게 애먹이지 않고 교재가 잘 판매되기도 하지만 몇 달씩 공들여도 기본 창작동화 한 질을 판매 못 할 때도 있었다. 그렇다고 실망할 것은 없다. 잠정 고객으로 생각하고 꾸준하게 고객관리 하다 보면 언젠가는 사는 타이밍이 오게 된다. 단, 지속해서 관리가 이루어졌을 때 계약이 이루어질 수 있다는 것이다.

하루하루 고객들에게 진심으로 다가가고 아이들의 교육에 소명을 갖고 성실히 임했다. 월별로, 아파트별로 가망고객, 교재 구매 후 관리 고객, 분리해서 잊지 않고 손편지로 DM 발송을 해 주었다.

아무리 사소한 약속이라도 입 밖으로 내뱉은 것은 하늘이 두 쪽 나도 지켰다. 경사보다는 애사를 먼저 챙기려고 신경 썼다. 대부분 신입사원은 처음에 지인들을 찾아가 다짜고짜 책을 권한다. 나 역시 처음에는 그렇게 영업을 했다. 그러나 내가 엄마 입장이 되었을 때를 곰곰이 생각해보고, 엄마들의 마음 읽기에 집중했다. 아는 지인들에게는 출판사에 다니는 것만 알리고 일체 교재 이야기는 하지 않았다. 무조건 개척, 생판 모르는 엄마들에게 다가갔다. 형편이 어려워서 책을 사줄 수 없는 엄마들에게는 내가 그러했듯이 입사하기를 권했다. 엄마들의 사고가 깨어 있어야 아이들도 책을 좋아하는 것이라 강조해 주었고, 좋은 환경에서 우리 함께 아이들의 미래를 위해 열심히 살아보자며 용기를 주었다.

물론 제 자식 건사도 제대로 못 하면서 남에 아이 교육에 무슨 소명을 갖겠냐고 비난하는 사람들도 있을 수 있다. 그런 소리 듣기 싫어서라도 더 열심히 우리 아이들에게 충실했고 누구보다 일에서만큼은 아마추어가 아닌 프로답게 최선을 다했다.

막무가내 취업

입사 2년 만에 8명을 책임지는 과장으로 승진을 하게 되었다. 고객들의 신뢰도 얻고 고객들 입을 통해 소개가 나오면서 수입도 안정적이었다. 신입사원들의 본보기가 되었다. 과별로 진행되는 시상에서는 단연 영업3과인 우리가 두각을 나타냈다. 다른 영업 회사도 마찬가지겠지만 월말에 마지막 날까지 힘들게 영업을 해서 목표치를 맞추고 매달 1일엔 과별로 시상도 하고 앞에 나와서 사례발표도 했다.

직원들은 꽃다발에 축하 케이크까지 그날 하루만큼은 경쟁 상대가 아닌 동료이자 친구이며 히말라야 등반하는 대원들처럼 끈끈하게 뒤엉켜서 놀았다. 물론 다음날은 철저히 생존을 위한 영업이 시작되었지만.

고객들에게 단순히 책 한 권을 판매하는 것보다는 그 속에 아이들의 변화되는 모습과 교재를 통해 좀 더 가치 있는 것들을 깨닫길 바랐다. 그러므로 집집이 방문하며 다니는 일이 부끄럽지 않았고, 설사 현관 앞에서 거절당해도 상처받지 않고 당당할 수 있었다.

팀장인 나를 포함 과원 8명인 영업3과는 처음부터 월급을 스스로 정해서 벌고 싶은 만큼 열심히 일하게 했다. 각자가 팀장 심리로 일할 수 있게 자존감을 높여주었다. 팀원들은 처음엔 다소 불만도 있었고 버거워했지만, 서서히 믿고 따라왔다. 사자는 새끼를 나면 생후 7개월 정도에 스스로 사냥을 할 수 있게 하고 절벽에서 떨어뜨려 살아남는 놈만 거둔다고 했다. 그 정도로 고객관리나 영업하는 방법만큼은 강하게 가르쳤다. 때로는 냉정하게 때로는 친자매처럼 끊임없이 관계의 중요성을 강조하며 직원들을 관리했다. 믿고 따라오는 직원들은 살아남았고 견디지 못하는 직원들은 스스로 포기하고 떠났다. 영업 실적이 수입으로 직결되면서 우리는 결과로 말했다. 내 판단이 옳았다.

일의 처리에서는 원칙을 정해야 한다. 특히 영업에 성공하고 싶다면 성공의 맑은 물에 스스로 안 된다는 부정에 잉크를 뿌려서는 안된다. 무조건 할 수 있다는 마음으로 접근했을 때 이미 성공의 문으로 들어가고 있음을 즐기면 된다.

고객을 신나게 하라. 고객을 행복하게 하라. 고객을 황홀(감동)하게 하라.

입사 2년 만에 이뤄낸 나의 성공의 노하우는 고객들 생각으로 몰입하는 것 바로 이것이었다. 대책 없이 달려가서 문을 두드렸던 그 간절함으로 나의 아이를 생각하는 마음처럼 고객들의 아이도 사랑하는 것이었고, 직원들을 내 새끼만큼 보살피는 것이며, 돈보다 더 큰 교육의 소명을 갖는 것이었다.

막무가내 취업

세상에
못 할 일은 없다

우리를 절망에 빠뜨리는 것은 무엇입니까? 그것은 우울한 마음, 부정적 사고, 할 수 없다는 자기 상실이다. 쉼 없이 달려온 출판사 영업은 나에게 많은 변화를 겪게 했다. 어떤 조직에서든 지도자가 된다는 것은 항상 외로움과 그 균형을 이루고 있다. 오해로 인한 외로움, 다른 사람들의 사고방식과의 차이에서 오는 외로움, 주위 사람들의 질투에서 오는 외로움, 성공은 그 외로움과 아울러 완성되어 가고 있었다.

결혼 2년 만에 워킹맘이 되었고 한눈팔 겨를도 없이 앞만 보고 전력 질주로 숨 가쁘게 달려왔다. 그 뜀박질 하는 동안 왜 나라고 힘들지 않았겠는가? 그러나 앞에서 가는 리더는 힘들어도 내색하기 쉽지 않다. 스스로 정한 책임의 무게만큼 철저히 혼자 견뎌야 했고 고통의 한계를 극복해야 했다. 누가 시켜서도 아니고 남을 위해서도 아니었다. 오로지 내 의지대로 옳다고 믿는 만큼 행동으로 옮기면서 살았다. 그렇게 나의 열정의 흔적들이 그대로 묻어있는 회사를 미련 없이 떠나야 할 때가 왔다고 생각하니 눈물이 앞을 가리고 있었다.

대교와 인수 합병으로 순수하게 영유아, 아동, 성인 도서에 주력하던 출판사는 여러 가지 콘텐츠를 반영하는 새로운 영업 전략을 내세웠다. 그 과정에서 직원들의 인사, 임금, 경력, 이런 실질적인 문제들이 거론되었다. 지역사회다 보니 서로 경쟁사로 있던 두 개 사무실이 한 곳에 모여서 일을 하는 것도 어색했지만 무엇보다도 사전에 아무런 협의 없이 무조건 다른 지역으로 발령을 내 버렸다. 완전 맨땅에 헤딩하는 것도 아니고 영업 실적이 바닥인 지역에 그것도 팀장급도 아닌 중간 매니저급으로 발령을 내었으니 나는 받아들이기 힘들었다. 더 큰 문제는 큰아이가 초등학교 막 입학할 때였기 때문에 보살핌이 많이 필요했었고 자가용이 없던 시절이니 버스를 타고 40분 넘는 거리를 출퇴근한다는 것이 가장 큰 문제였다.

다른 직원들은 미리 다른 동종업계인 회사로 밥그릇을 챙겨서 서둘러 이직했지만 나는 고객들의 신의를 저버릴 수 없었다. 어제까지 우리 회사 책이 최고라고 자부하면서 영업을 했는데 하루아침에 상황이 바뀌었다고 다른 교재가 좋다고 차마 이야기할 수 없었기 때문이다. 넘어진 김에 쉬어 가자는 심정으로, 아이가 초등학교 적응도 해야 하니 직장생활은 잠시 쉬고 1년 동안 육아에만 신경 쓰기로 했고 미련 없이 퇴사를 결정했다.

매일 같이 바쁘게 출근하던 엄마의 모습과는 달리 엄마 손을 잡고 학교엘 가고 유치원 버스를 타고 집에 돌아오는 시간에 맞춰서 간식을 챙겨주며 기다리는 엄마가 있어서 아이들은 너무 행복해했었다. 그렇게 집에서 살림하고 아이들 뒷바라지하는 엄마로 있는 것도 나쁘지 않았다.

그러던 어느 날, 지인분이 책 두 권을 놓고 가셨다. 《제3의 물결》과 《참여형 소비자 마케팅》이라고 표지에 쓰여 있었다. 대수롭지 않게 생각하고 한 장 한 장 넘기면서 나는 갑자기 심장이 뜨거워졌다. 앞으로 변화될 소비자들의 힘과 유통의 흐름이 적혀 있었다. 꼼꼼하게 다시 한 번 읽어 보고 그다음 날로 서점엘 갔다. 무언가에 홀린 듯이 미친 듯이 책을 사서 읽기 시작했다. 지인분은 오셔서 아무 말 안 하고 책만 놓고 가신 이유를 나중에 말씀해 주셨다. 쉽게 설득할 수 있는 사람이 아니고 꼭 사업을 전달하고 싶은데 본인의 지식이 짧으니 교재를 놓고 가면 분명 스스로 현명한 선택을 할 것이라는 확신이 있었다고 했다.

"미팅 장소를 알려 주세요. 제가 한번 가 보겠습니다."

서너 명 정도 앉아 있었고 제품 체험을 하고 있었다. 화장품, 건강식품, 목욕용품. 등등 별거 없이 물건 파는 거였구나, 내심 실망을 했다. 그런데 후원에 대한 사업설명회를 간략하게 소개할 테니까 들어 보고 가라 했다. 어차피 사서 쓰는 물건 본인 회원가입 해서 쓰고 제품 좋으니까 주위에 사랑하는 사람들과 나눠 쓰면서 돈도 벌 수 있다고 설명을 했다.

"이거 다단계 아닌가요? 네 맞습니다."

순순히 인정했고 앞으로는 모든 유통이 이런 시스템으로 흘러가니다. 어차피 좋은 제품이니 써보고 이야기하자고 했다. 제일 먼저 체험한 제품은 립밤. 입술이 잘 트고 매일 바싹 말라서 뜯다 보면 피가 났었는데 감쪽같이 좋아졌다. 두 달에 걸쳐서 한 개 두 개 전 제품들을 모두 체험하게 되었고 이 정도면 충분히 경쟁력 있게 전달할 수 있겠다 싶었다. 그리고 매달 고정적인 수입이 통장에 후원 수당으로 들어올 수 있다는 신기루 같은 비전을 제시하고 있었다. 그렇게 앞으로 펼쳐질 청사진을 그리며 인생 2막에 새로운 직업을 선택하게 되었다.

정식 출근은 하지 않고 "홈 파티 주선을 해 주시면 제가 한번 해보겠습니다"라고 내 뜻을 알렸다. 아이들 돌보면서 부업으로 제품전달하고, 남는 자투리 시간에는 유통에 관련된 서적, 리더로서 갖추어야 할 소양 서적, 책을 닥치는 대로 읽기 시작했다. 기본적인 고객 응대나, 사람에 대한 두려움은 없었기에 일하는 데 별 어려움은 없었다. 그러나 힘든 것은 주위 사람들로부터 쏟아지는 비난의 목소리였다. 다단계 하면 집안 말아먹는대라고 주위 사람들이 난리를 피웠지만 누가 뭐라 하든 나는 개의치 않았다. 공시된 자료가 있었고, 무엇보다 제품이 탁월했다.

직업에 귀천이 없는데 뭐가 걱정일까 싶었다. 그리고 보상계획을 듣는 순간 이 정도면 내가 충분히 2년 안에 성공할 자신이 있었다. 서서히 소비자 군단을 형성해야 하는 구조를 좀 더 공격적인 마케팅을 통해 일해보자 생각했다. 슬금슬금 잠자고 있던 나의 영업 능력이 나오기 시작했다. 단순 소비자에서 사업자로 전환했다. 일반 사업자가 아닌 모든 것이 준비되어 있던 강력한 포인트 사업자가 되었다.

믿을 만한 인맥으로 청주, 대전, 부산, 충주 이렇게 거점들을 정했다. 제품설명, 홈 파티, 후원사업 삼박자가 딱딱 맞아떨어지며 소비자 군단은 폭발적으로 늘어났다. 사실 출판사 다닐 때 함께 일했던 직원들이 합류하면서 우리의 사기는 하늘을 찔렀다. 예전보다 더 철저하게 시간 관리와 고객관리를 했고, 파트너 관리도 했다. 2년 안에 목표 지점에 가야 했기 때문에 필사적으로 매달렸다.

그러던 어느 날, 가족끼리 모여 앉아 드림 북을 만들었다. 남편과 아이들 손을 잡고 부탁했다. 성공의 끝에 우리는 늘 함께 있어야 하는 가족이기 때문에 성공하고 싶으니까 도와 달라고 했다. 어떤 일을 결정하기 전에 충분히 알아보고 이거다 싶으면 미친 듯이 일하는 것을 가족들은 익히 알고 있었다. 잊지 않고 하는 것 중 하나는 가족들의 동의를 얻고 후원을 제일 먼저 받아야 한다는 생각은 지금도 변함이 없다.

일에 대한 열정, 성공에 대한 염원, 그리고 사람에 대한 가치 이 세 가지는 내 삶에 지침이었다. 열심히 지침을 따라가다 보면, 저절로 돈은 따라서 오고 있었다. 처음에 우려했던 주위 분들의 걱정은 서서히 잠잠해졌고, 남편의 반대도 수그러들었다. 그런데 문제는 장거리로 출장 갈 일이 많아지면서 아이들은 또다시 할머니와 함께 있는 시간이 많아졌다. 물론 수시로 엄마의 상황들을 이야기해 주었지만, 아이들은 일하면서 능력 있는 엄마보다 떡볶이를 함께 먹는 엄마를 더 원했다.

전국 사업자와 파트너들이 다 모이는 큰 행사가 서울 상암동에서 열렸다. 예비 사업자들, 단순 소비자, 장내는 정말 호화로운 파티장이었고 외국영화의 한 장면을 연상케 했다. 식순에 우리의 성공사례 발표가 있었기 때문에 전국에 있는 포인트 파트너들과 함께 참석했다. 아이들과 남편 양가 어른들 모두 초대했다. 결혼식 이후에 눈썹까지 붙이고 풀 메이크업에 드레스를 입는 것은 처음이었다. 눈부시게 예뻤다. 드디어 충주 최고의 사업자로 소개를 받고 중앙무대로 걸어 나갔다. 긴장돼서 무슨 말을 어찌했는지 하나도 기억나지 않았다. 그러나 그때의 황홀하고 뿌듯했던 성공의 느낌은 살면서 힘든 순간마다 다시 일어서게 하는 활력이 되고 있었다.

새벽녘 다 큰 아들은 약간의 술 냄새를 풍기며 내 품으로 파고들었다.

"어쩐 일로 이렇게 일찍 들어왔어?"

"응, 갑자기 엄마가 보고 싶어서 그렇지."

혹여라도 무슨 일이 있나 싶어 살짝 걱정되었다.

"엄마~~사랑해."

다 큰 아들은 아이처럼 응석을 부리며 얼굴을 비벼댔다. 남의 손에 키우지 않고 친할머니가 아래윗집 사시면서 보살펴주시긴 했었다. 나름대로 최선을 다했고 좋은 환경에서 아이를 키웠다고 생각했는데 아들은 성인이 된 지금 본인의 어린 시절을 회상해 보면 좋은 기억보다 불안하고 외롭고 재미없었던 것으로 말하고 있었다. 일하는 부모님은 바빴고 집에 돌아오면 혼자였다고 했다. 형이랑 할머니 할아버지가 함께 있었어도 아이 때는 엄마가 전부였던 것 같다. 학교에서 친구들과 싸워도 편들어 줄 사람이 없었고, 속상해도 만날 일에 지쳐 자는 엄마한테 말할 수 없었다고 했다. 엄마의 빈자리를 많이 느꼈었다고 속내를 털어놓았다.

지금 생각해보면 어쩌다 엄마가 쉬는 날이면 어떤 핑계를 대서든 유치원엘 가지 않았다. 둘째는 특히 심했다.

하루는 아이가 유치원에 가고 읽던 책을 아무리 찾아도 없었다. 반나절 지나서 냉장고 문을 열었을 때 읽던 책은 그곳에 있었다. 한편으로는 귀엽기도 하고 한편으로는 미안하기도 했다. 아이는 배 아프다는 소리를 제일 많이 했다. 나중에는 그것이 꾀병인 줄 알았어도 모른 척했다. 그런 날이면 온종일 아이가 하고 싶은 대로 놀아주었다. 그렇게 엄마의 사랑을 확인하려 했다. 일 마치고 돌아와서는 밀린 집안일 하며 볶아치는 엄마 등 뒤에서 아이들은 과연 무슨 생각을 했을까? 무슨 생각을 하는지 어떤 마음 상태인지 속 얘기를 많이 못 들어줬다. 해야 할 일만 끊임없이 쏟아내는 엄마를 보면서 우리 아이들은 얼마나 외로웠을까? 생각하니 가슴이 뻐근해졌다.

"미안하다. 아들, 엄마가 그때는 일한다고 우리 아들하고 많이 이야기도 못 하고, 놀아주지도 못했네! 미안해 아들."

진심을 담아 용기를 내어 사과했다. 가족은 함께 있는 것만으로도 행복하다는 것을 그때는 몰랐었다. 그 시절로 돌아간다면 나는 어떤 선택을 하게 될까? 다시 경제적인 절박한 상황이 오는 그 시절로 돌아간다면 한 치의 망설임도 없이 자식을 위해서라면 어떤 일이라도 했을 것이다. 그러나 좀 더 지혜롭게 아이들과 소통하는 법을 실천하며 생활할 것 같다. 꼭 그때로 돌아가지 않아도 소통은 지금 당장 실천하면 되니까 서로 노력해야겠다. 이제는 서로의 상처를 위로할 줄도 알고, 어떻게 힘이 되어주고 모두가 행복한 줄을 알고 있기 때문이다.

작은 일에도 감사하며 모두가 건강하길 바랄 뿐이다. 아이들이 부모와 함께 있기를 원할 땐 부모는 돈 번다고 바쁘다는 말만 했다. 시간이 지나 부모는 이제야 비로소 돈도, 시간도 여유가 생겼고 자식과 놀고 싶지만, 자식은 이미 세 살 꼬마가 아니라 그럴 수 없는 처지다. 서운하다고 한들 이제서는 소용없다. 이것이 순리이고 세상 이치임을 수긍하고 살아간다.

막무가내 취업

이기는 습관

———

사업은 전국적으로 날로 번창해 가고 있었다. 본사에 두 번 정도 올라가서 백 명이 넘는 신규 사업자들에게 제품설명과 사업설명회를 했다. 성공한 모습으로 모두의 부러움을 사는 업 라인 스폰서가 되었다. 사람들은 성공 사례들을 들면서 본인들도 열심히 해야겠다는 용기를 내고 있었다. 사업을 유지하기 위해 하루 4시간 이상 잠을 자본 적이 없었다. 제품교육, 홈 파티, 제품전달, 파트너 소양교육까지 만능이 되지 않으면 안 되었다. 열정적인 모습으로 꿈을 향해 미친 듯이 가고 있었다. 누구 엄마, 그냥 동네 아줌마에서 어느새 성공 사례를 이야기하는 당당한 모습으로 바뀌어 있었다.

무엇보다 가장 큰 성공은 주위에 뜻이 맞고 이상이 통하는 사람들이 많이 생겼다는 것이었다. 그 사람들 속에서 웃고 있는 나는 참으로 행복했다. 그렇게 세상일에 정신 팔려 신앙생활은 뒷전이었고 미사 참석하고 기도하는 기본 의무조차 소홀히 하고 바쁘게 살고 있었다. 그런 탕아에게 신은 또 한 번의 시련을 주셨다.

햇살이 유난히도 좋았던 그날, 광복절 휴일인데도 남편은 회사가 바쁘다며 출근을 했다. 그 전날도 부산으로 출장을 갔다가 새벽에야 돌아왔다. 지친 몸으로 밀린 집안일을 하다말고 문득 아이들이 가엾은 생각이 들어 영화를 보러 가기로 했다. 온종일 엄마랑 노는 것에 한껏 부풀었는지 아이들은 콧노래를 부르며 행복해했다. 시끌벅적 노는 게 좋은 사내 녀석들, 초등학교 2학년과 7살, 두 살 터울의 아이들을 말끔하게 단장시켜 먼저 내보내며 차 조심하라고 당부를 했다. 키득키득 장난을 치며 아파트 계단을 후다닥 내려갔다. 가방을 챙겨 현관문을 나서고 불과 몇 분이나 지났을까?

끽 급정거하는 소리와 쿵 무언가 부딪치는 소리가 났다. 불길한 예감에 머리가 쭈뼛 섰다. 아이의 울음소리에 웅성웅성 사람들이 모여들고 그 순간 심장이 멎는 듯했다. 미친 듯이 뛰어갔다. 아파트 단지 내에서 급하게 달려오던 택시는 맞은편 손님만 보고 아이들은 미처 보지 못했다. 바닥에 내동댕이쳐진 안경과 신발 그리고 부서진 파편들로 어수선했다. 아이의 얼굴은 순식간에 부어오르고 다리를 움켜쥐며 아프다며 울부짖고 있었다. 아이는 사시나무 떨듯 불안해했다. 눈도 못 뜨고 울기만 했다.

"괜찮아 아들, 엄마 여기 있단다."

아이들 부둥켜안고 귀에다 나지막이 속삭이며 진정시켰다. 급히 차에 태우고 출발하려던 순간 하얗게 겁에 질려 동생 신발을 챙겨 들고 눈물만 뚝뚝 흘리고 있는 큰아이가 보였다. 아이에게 가방을 건네며 아무 말 없이 손을 꼭 잡아주었다. 병원에서는 이것저것 검사한 후

막무가내 취업

에야 다행히 뇌 손상은 없다고 했다. 그러나 다리와 눈 쪽으로 골절이 있으니 담당의는 지켜보자 했다. 순식간에 폭풍이 지나간 듯 정신이 없었다. 약 기운에 잠에 빠진 아이의 머리맡에 앉았다.

남편 혼자 버는 것보다는 함께 벌어서 얼른 자리 잡고 아이들에게 더 좋은 환경을 마련해 주고 싶었다. 그러나 후회되는 일만 스쳐 갔다. 가엾은 내 새끼들, 또래 아이들이 가지고 있는 유행하는 로봇 하나가 없었고 푹푹 찌는 무더운 여름에도 바닷가로 피서 한 번을 데리고 못 갔었다. 왜 그리도 못 해준 것만 생각이 나는지 가슴이 미어졌다. 급하게 연락을 받고 달려온 남편을 보는 순간 꾹 참았던 눈물이 왈칵 쏟아졌다. 주체할 수 없는 눈물과 알 수 없는 서러움에 나는 소리 내어 흐느꼈다. 남편도 눈시울이 붉어지며 말없이 내 등만 쓸어 주었다.

며칠 그렇게 경과를 지켜보던 차에 다리골절은 시간이 지나면 낫겠지만 안면 골절이 문제라고 했다. 어른이 되었을 때 눈이 함몰될 수 있으니 소견서를 써주며 서울 큰 병원에 가라고 했다. 다리에 깁스한 아이를 등에 업고 버스로 3개월에 긴 치료를 시작했다. 남편과 내가 고생스러운 것은 얼마든지 견딜 만했다. 그러나 병원 다니는 동안 엄마랑 함께 있는 그것만으로도 행복해하던 아이의 모습이 내내 마음을 아프게 했다. 아들은 한참 외모에 예민했던 사춘기 때부터 두꺼운 렌즈에 안경 쓰는 것을 싫어했다. 친구들에게 돋보기처럼 팽팽 돌아 놀림당한 이야기도 어미가 돼서 불과 얼마 전에 알게 되었다.

너무 일찍 엄마 품에서 떼어놓았던 둘째는 나에게는 늘 아픈 손가락이다. 열 손가락 깨물어 안 아픈 손가락 없다 하지만, 그래도 더 마음 쓰이고 미안한 자식이 분명히 있다.

　이제는 아련한 일이 되었다. 늦은 밤 살며시 방문을 열어보았다. 그렇게 애간장을 녹였던 자식들은 아기처럼 행복한 얼굴로 자고 있었다. 너무나 사랑스러웠다. 다 컸다고 어른 흉내를 내보지만, 아직도 내 눈에는 젖살 오른 어린 아기 같았다. 목 뒤에서 대롱대롱 매달리며 엄마랑 떨어지기 싫어서 보채던 어린애가 벌써 성인이 되어 군 복무를 하기 위해 기다리고 있다.

　사람이 살다 보면 시련과 고통이 따르게 마련이다. 많이 살지는 않았지만 살아보니 그것이 인생이다. 위기가 올 때마다, 나는 더욱더 단단해졌고, 피하지 않고 해결하려 애썼다. 비가 오면 맞았고, 장애물이 있으면 치우고 당당히 걸어갔다. 주머니에 단돈 천 원밖에 없어도 그것 때문에 절대 기죽지 않았다. 불쌍한 이웃을 보면 기꺼이 천 원을 내어줄 만큼 마음의 여유를 잃지 않았다. 우리 인생 자체가 수도자의 삶이나 다를 것이 없다는 생각이 들었다. 그리 생각하고 보니 사실 누구를 원망할 것도 없이 모든 삶이 습관처럼 받아들여졌다.

　존경하는 시인 정호승 씨는 말했다. 고통 또한 인간의 본질이자 숙명이라고. 비를 피하고자 황급히 어느 집 처마 밑으로 들어갔다고 해서 하늘에 비가 오지 않는 것은 아니다. 이제는 오랫동안 내 가슴 한편에 올려져 있는 맷돌 하나를 내려놓으려 한다. 애잔하고 가

없은 자식들이 건강하게 제 앞가림 잘 하기를 간절히 바라며 기도했
다. 울렁거리던 나의 가슴은 어느새 편안해지고 있다. 눈꺼풀이 무
겁게 내려앉는다.

멘토와 멘티

목련 꽃망울이 아기 입술만큼 앙증맞게 벌어졌다. 봄이 성큼 왔나 싶었는데 때 아닌 눈이 펑펑 쏟아졌다. 미련이 발목을 잡은 것인지 아니면 한 번 더 모든 것을 내어주고 싶었던 것인지 세차게 눈보라가 쳤다.

'화사한 봄의 매력에 이미 마음을 빼앗겨 버렸으니 네가 더 반갑지가 않구나, 잘 가고 내년에 또 보자.'

이별하는 연인만큼이나 거리의 분위기가 착잡하다. 살다 보면 이렇게 예기치 않게 낭패를 본다거나 누군가에게 명쾌하게 해답을 듣고 싶을 만큼 답답할 때가 있다. 그때 누군가와 의논할 수 있다면 덜 외롭지 않을까? 내게도 그런 따뜻한 사람이 있었다.

타박타박 집으로 돌아가는 길에 하루해가 저물고 있었다. 일찍 켜진 가로등 불빛에 언제 피었는지 벚꽃이 수줍게 웃고 있었다. 가끔 부는 바람에 하나둘 꽃잎이 떨어졌다. 고단한 하루를 보내며 종일 뜨거운 것이 치밀어 오르더니 괜스레 콧등이 시큰해졌다. 몸살이 오려는지 오늘따라 몸도 마음도 무겁다. 발끝에 떨어진 꽃잎을 보며 문득

막무가내 취업

활짝 웃던 그녀가 보고 싶어졌다.

시간제 근무자로 간단한 계산만 해보자고 지원한 것이 대형할인 매장에 입사하게 되었다. 고객들의 불만스러운 것들을 처리하는 부서에서 근무했었다. 자기 주도적으로 일을 계획하고 추진하고 관리하던 나의 업무 능력은 이곳에서는 필요치 않았다. 다만 별 무리 없이 튀지 않고 정해진 규칙대로 열심히 근무하는 성실한 직원을 원했다. 어떤 상황이 벌어질지 모르는 긴장감 속에서 반복되는 일상들은 스스로에 대한 상실감을 넘어 무기력함으로 다가왔다. 이제 사람을 상대하는 일이라면 정말 이골이 났다. 그래도 고객의 마음을 일일이 다 헤아리고 만족해 준다는 것이 결코 쉬운 일은 아니었다. 특히, 작정하고 싸우려 덤비는 사람을 무슨 수로 당할 수 있겠는가? 그래도 할 수 없었다. 유니폼을 입고 근무하는 동안에는 철저히 프로답게 일에만 전념해야 했다. 회사는 개인의 감정보다는 매뉴얼과 원칙을 강조했다. 편두통이 심해져서 머리를 들 수가 없었다.

주기적으로 오는 스트레스니 며칠 푹 쉬면서 혼자서 훌쩍 여행이라도 다녀오면 달라질까 싶어 일주일의 휴가를 잡았다. 그동안 미뤄 두었던 집 정리도 말끔히 하고 간단하게 짐도 챙기면서 나름 설레고 있었다. 아이들에게는 "엄마가 일이 있어서 친구 집에 이삼 일정도 다녀올게." 하며 안심시키고 엄마 없이 해야 할 것들에 대해 이것저것 일러주었다.

색깔별로 메모를 꽂아 두고 막 출발하려던 날 아침 그녀에게서 전화가 왔다. 떨리는 목소리로 집에 잠깐 온다고 했다. 초췌한 모습으로 들어서는 얼굴에서 뭔가 심상치 않은 것을 느꼈지만 서둘러 묻지는 않았다. 같은 직장에서 일하면서도 근무시간대가 맞지 않아 그동안 무심히 지나쳐서 잘 몰랐었다. 며칠 새 그녀는 많이 야윈 것 같았다. 눈에는 그렁그렁 눈물이 맺혀서는 그동안 남편 때문에 남모르게 속상했던 이야기를 했다. 여기저기 빚 독촉으로 시달린 듯했다. 남편이 사고는 쳐놓고 며칠째 연락이 안 된다고 했다. 딱히 위로랄 것도 없이 가만히 듣고만 있었다. 한참을 그렇게 하소연을 하더니만 아이들이 걱정된다며 가방을 챙겨 일어섰다. 그 순간 잠깐이라도 편히 좀 누워서 자라고 불안해하는 그녀를 억지로 잡아 앉히고 재웠다. 아기처럼 잔뜩 웅크리고 자는 모습이 안쓰러웠다. 그동안 그녀는 늘 씩씩하고 웃는 모습이라 힘들 거란 생각은 안 했었다.

특별한 문제없이 그냥 좀 일상이 지치고 힘들다는 핑계로 속없이 투정 부린 것 같아 왠지 미안한 마음이 들었다. 나도 모르게 챙겨 두었던 여행 가방을 그녀가 잠든 사이에 작은방으로 치웠다. 저녁 무렵 그녀와 이런저런 이야기들을 나누면서 어쩔 수 없는 상황들을 포기하고 의연하게 받아들이는 모습들이 존경스럽기까지 했다. 따뜻한 밥 한 끼 먹으며 힘들어하는 그녀 옆에 있어 주고 싶었다.

다음날 남편을 출근시키고 아이들은 모두 학교에 간 낮, 혼자만의 여유를 즐겼다. 혼자 영화 보고 음악도 듣고 서점 가서 읽고 싶은 책도 여러 권 샀다. 산책하면서 그동안 지쳤던 심신의 피로도 달랬다.
'며칠 쉬고 나면 마음이 답답하고 불안한 것이 좋아지겠지.'

막무가내 취업

그렇게 소박한 휴가를 뒤로하고 일상으로 복귀 후 한결 가벼운 마음으로 아무 일 없었다는 듯 적응해갈 수 있었다. 혼자 떠나는 여행까지 포기하고 옆에 있어 준 내게 고맙다고 몇 번이고 인사를 했다. 그날 이후 둘 사이는 부쩍 가까워졌다.

그녀는 호박죽을 유난히 좋아하는 나를 위해 직접 죽을 만들어주었다. 무심한 것 같으면서도 늘 잊지 않고 사소한 것까지도 걱정해주며 챙겨주었다. 경제적으로 아무런 도움이 못 되는 남편 때문에 우울하고 힘들 텐데도 밝게 웃으며 직장생활이나 가정문제도 긍정적으로 잘 대처해 나갔다. 직장에서 오는 여러 가지 갈등들, 아이들이나 남편 사이에서 느끼는 사소한 고민까지도 그녀는 자기의 경험들을 이야기하며 "세상은 다 마음먹기 나름이야 하루하루 너의 감정에 충실하게 사는 것이 가장 큰 행복일 거야."라며 오히려 나를 위로해주곤 했다. 그동안 몰랐던 말도 아니었는데 어찌 보면 가족보다도 더 많은 시간을 함께하는 직장에서 말하지 않고 표정만으로도 기분을 헤아릴 수 있는 동료가 있다는 것에 새삼 감사함을 느꼈다. 스트레스 받고 단조로운 직장생활을 우리는 동무가 되어 주며 잘 극복해 가고 있었다.

그러던 어느 날, 그녀는 일가친척 없고 남편도 없는 타지에서 고생 말고 부모님 곁으로 가는 편이 나을 듯싶다며 내게 의논을 해왔다. 그녀를 위해서는 부모님 곁으로 가는 것이 옳았다. 그러나 함께했던 시간이 못내 아쉬웠다. 서운한 마음에 송별식도 그녀가 이사하는 날에도 배웅하지 못했다. 나도 모르는 사이에 많이 의지했었나 보다.

내 생각대로 조금씩 마음을 여느라고 함께 지낼 땐 진심으로 고맙다는 말도 제대로 못 했었다.

많은 사람 속에서 우리는 특별한 인연들을 만들어간다. 이해득실을 먼저 따지는 것이 보편적인 사람들의 성향이라지만 모두 다 그런 것은 아니다. 나를 있는 그대로 봐주고 이해해 주는 사람을 만나기란 결코 쉬운 일은 아닌 것 같다.

돌이켜 생각해보면 그녀는 내게 참 고마운 인연이었다. 낙천적인 그녀의 삶 속에서 나는 많은 것들을 배웠다. 나를 돌아보게 하고 내가 가진 평범한 것들에 감사함을 느끼게 했다. 잘해준 것도 없는데 그녀 역시 내게서 많이 위안을 받았다며 고마워했다. 사는 게 바빠서 소홀하다가도 햇볕이 따뜻하게 내 머리 위로 쏟아지는 날에는 슬그머니 그녀 생각이 나곤 했다.

우리는 서로에게 비쳤던 삶에서 스스로 해답을 찾아갔고, 서로에게 훌륭한 스승이었다.

목련이 활짝 피면 그녀를 만나러 가고 싶다. 일에 매이고 시간에 쫓기고 살다 보니 고맙고 미안한 일 있어도 제대로 표현 못 하고 살았다. 두 손 꼭 잡고 "그때 정말 고마웠다"라고 말해주고 밤새 수다 떨고 싶다. 따뜻한 온기가 전해지는 행복한 밤 슬며시 그녀에게 문자 메시지를 보내본다.

막무가내 취업

3장

부모님의
빈자리

어릴 적
추억

———

부모님께서는 중매로 선을 본 지 20일 만에 결혼하셨다. 어머니의 후덕한 외모에 반한 아버지는 선보는 날 평생 반려자로 데려오리라 이미 마음을 정하신 것 같았다. 아버지는 선을 보다 말고 슬그머니 시계 하나 사 오시고는 그 길로 곧장 사진관으로 가셨더랬다. 형식도 절차도 없이 기념 촬영 한 장으로 두 분의 약혼식이 되었다. 동지 섣달 추운 겨울, 산골에 살던 어머니는 꽃가마 타고 형제들 많은 벼 방앗간 집 셋째 며느리로 시집을 오셨다. 시집가면 배는 안 곯는다는 외할머니 말씀에 입 하나 덜면 되겠다 싶어 좋은 것인지 싫은 것인지도 모르고 시집을 오셨단다.

열다섯 식구 짚으로 불 때서 새벽밥 짓고 시할머니부터 초등학교 1학년 시누이까지 건사하며 살림한 것은 어머니 시집살이에 언제나 등장하는 이야기였다. 열아홉 어린 나이에 시집와 눈물 콧물 흘려가며 친정에 가고 싶어도 시어른들 어려워서 말도 못 했다며 말끝을 흐리셨다. 고생한 이야기를 하시면 아직도 억울하신지 얼굴이 벌게진

부모님의 빈자리

다. 허드렛일을 도와주는 아주머니가 계셨지만, 워낙 대가족이다 보니 부뚜막에 앉아 밥그릇을 세었다. 두 분 큰아버님은 분가해서 살림을 따로나셨다. 오랜만에 아기가 태어났으니 온 가족의 축복 속에 자랐다. 바닥에 내려놓을 새 없이 서로 안아주고 배만 부르면 잘 놀아나는 순하다고 이름도 순희라고 지었다. 예쁘게 뜻풀이해서 지어주시면 얼마나 좋았겠나 싶지만, 출생신고며 호적에 한자 기록하는 것까지 동네 이장님 작품이니 누구를 탓하겠나 싶다. 고생하는 아내에게 따뜻한 말 한마디 건넬 줄 모르는 무뚝뚝한 남편이었지만 나에겐 더없이 자상한 아버지셨다. 첫딸은 살림 밑천이라고 좋아하시며 아기 때부터 손수 세심하게 보살펴주셨다.

증조할머니, 할아버지와 유일하게 겸상을 했던 손주는 내가 처음이다. 아버지는 흐뭇해하시며 말씀하셨다. 위로 사촌 언니, 오빠들도 있었지만, 손주 사랑이 나에게 더 각별하셨으니 아버지도 할아버지께 인정받는 기분으로 좋으셨을 거다. 기억이 가물가물하지만 어릴 적부터 고모들한테도 부러움의 소리를 들었으니 어른들의 편애가 심하긴 했으리라. 초등학교 들어가기 전까지 어른들 상에서 함께 밥을 먹었으며 유일하게 매일같이 오리 알 튀김을 먹을 수 있는 것도 나에게 주어진 특혜였다.

말문이 빨리 트여 세 돌이 지나면서 못하는 말이 없었고, 노래를 가르쳐 주면 가사며 음정이며 곧잘 따라 부르니 손주 재롱에 온 집안엔 웃음이 떠나질 않았었다. 어린애가 영특하고 말을 너무 잘한다고 친할머니께서는 커서 사람 노릇 할 수 있겠나 걱정하셨다. 아버지는 어딜 가시던 나를 앞장세우셨고, 장날이면 경운기에 태워서 읍내 구경을 시켜 주셨다. 밑으로 남동생 둘이 있어도 아버지에겐 맏딸인 내가 우선이었다.

어머니가 부탁하신 저녁 찬거리 흥정을 마치고 해가 저물기 전에 부지런히 집으로 돌아오셨다. 아버지는 "먹고 싶은 거 골라 봐라. 다 사 주마" 하셨지만, 지금에 와서 생각해보면 아버지도 부모님께 돈을 타서 쓰셨으니 말씀은 안 해도 눈치가 보였겠다. 작은 손엔 비록 풀빵 한 봉지가 전부였지만 참으로 행복했다.

남동생이 태어나면서 부모님은 할아버지 집과 20분 정도 거리에 있는 곳으로 분가를 하셨다. 울타리를 향나무로 빙 둘러 심으셨다. 문패도 달고 우리 집은 향나무담집으로 불렸다. 어렴풋하지만 초등학교 들어가기 전 일로 기억한다. 곤히 자고 있는데 어머니에 매서운 목소리가 나를 흔들어 깨웠다. 이불에 지도를 그렸으니 얼른 일어나 키 뒤집어쓰고 옆집 가서 소금을 얻어오라는 거였다. 잘못을 했으니 시키는 대로 키를 뒤집어쓰고 정말 소금을 얻으러 갔었다. 옆집 할머니는 "에고 이불에 실수했어야" 하시며 소금을 가지고 나와서는 키 위에 뿌리시고는, 긴 작대기로 키를 마구 치셨다. 생각지도 않았던 할머니의 행동에 많이 놀라기도 하고 창피한 생각에 키를 버리고 울면서 집으로 왔던 기억이 난다.

그날 이후부터는 밥도 잘 안 먹고 고민에 빠졌다. 친엄마는 다리

부모님의 빈자리

밑에 있다는 말이 사실처럼 들렸고 어린 마음에 엄마를 찾아가야 한다는 생각에 혼자 걱정하고 있었다.

어느 날 할아버지께서 집에 오셨다. 평소와는 다르게 말없이 슬그머니 방으로 가더니만 보자기에 옷가지 몇 개를 싸서는 "할아버지 저 진짜 우리 엄마한테 데려다주시면 안 돼요? 우리 엄마 다리 밑에 있대요."라고 했다. 그때만 해도 다리 밑에 밥 빌어먹는 거지들도 많았다. 진짜 엄마가 거지일지도 모른다는 생각에 훌쩍거리며 할아버지 등에 업혔다. 할아버지께서는 내 행동에 빙그레 웃으시며 말없이 한참을 어디론가 가셨다.

동네 처음으로 생긴 중국집에 날 데리고 자리에 앉히시고는 짜장면을 맛있게 먹으면 엄마한테 데려다줄 테니 걱정하지 말라 하셨다. 온통 시커멓게 칠갑을 하고 짜장면을 먹고 있는데 문을 열고 아버지가 들어오셨다. 반가운 마음을 먹고 있던 짜장면은 입 밖으로 흘러나왔고, 눈에서는 눈물이 펑펑 쏟아졌다. 자초지종을 다 들으신 아버지는 나를 번쩍 안아주시며 집에 가자 하셨다. 아버지는 나를 등에 업고 집으로 가는 내내 딸을 안심시키며 타일렀다. 다리 밑에서 주워 온 거 아니고 우리 엄마가 친엄마라고 하셨다.

"아버지 말 믿지?"

나는 말없이 고개만 끄덕였다. 그렇게 친엄마 찾기는 한낮의 소동으로 끝이 났고 그 이후로는 아무도 내게 다리 밑에서 주워 왔느니, 친엄마가 다리 밑에 있느니, 하는 농은 하지 않았다.

아이를 골려 먹기 위해 지어낸 어른들의 거짓말이란 것을 초등학

교 들어가서야 알았다. 그러나 사춘기가 돼서도 우리 엄마가 아닐 수
도 있다는 생각을 문득 했었던 것은 무엇 때문이었을까? 아마도 엄
마는 늘 동생들에 본보기가 되라고 혼을 내셨고, 아버지는 동생들에
게 누나를 보고 배우라고 무조건 칭찬해주셨던 탓이리라. 나이들수
록 친정어머니 외모를 쏙 빼닮았으니 친엄마가 분명 맞긴 하다.

　시월이면 사당에 시향제를 올리는 문화가 있었다. 축문 쓰는 법도
며 읽는 것을 할아버지께서도 다른 자식들이 아닌 아버지를 시키셨
다. 서당에 다니면서 한자를 배우신 아버지는 명필이셨다. 시를 지으
시고 그 옆에 그림까지 그려 놓았다. 따로 배우지 않았으니 이 정도
표현력이면 예술적 감각은 타고난 것 같다. 성품도 조용하셨으니 옛
날로 치면 갓 쓰고 도포 입은 선비 같았다. 줄줄이 동생들 때문에 중
학교 졸업하고 많은 농사에 벼 방앗간 기술에 생활전선에 뛰어들었
던 아버지는 본인의 문학성을 알고는 계셨을까? 아버지의 꿈을 펼치
지 못한 것 같아 생각할수록 아쉽다.
　초등학교 들어가기 전에 이름은 써야 한다며 어디서 구해 오셨는
지 낡은 국어책, 산수책을 구해 오셨다. 역시 뭐든 척척 부모님 기대
를 저버리지 않았다. 나는 "고놈 아주 똘똘하네!" 주의에 시선을 집
중시키며 당당히 초등학교 1학년이 되었다. 어릴 적부터 나는 유난
히 아버지를 좋아했다. 아버지 유품을 정리하면서 알았다. 마음속에
누구보다도 문학에 대한 열정이 많았다는 것과 세상에서 가장 좋
아하는 음식이 짜장면이었다는 것을……

　　　　　　　　　　　　　　　　부모님의 빈자리

내 삶의 원천

────

출근길에 우연히 집 앞, 양지바른 곳에 콩을 널어 말리는 이웃집 할머니를 보았다. 티끌 하나 없이 정갈하게 널어놓은 것이 어찌나 앙증맞고 예쁜지 작은 소리로 감탄을 했다. 거칠고 굵은 손가락 마디에서 할머니의 부지런한 성품이 보였다. 어느덧 나는 외갓집 동네 어귀에 있던 아름드리 느티나무 밑에서 술래잡기하던 추억으로 달려가고 있었다.

외갓집 가는 우리 손에는 어머니가 사서 들려준 비계 반, 살코기 반 돼지고기 한 근이 신문지에 둘둘 말려 있었다. 차 시간을 못 맞추면 내려서 한 시간 반을 걸어 들어가야 했다. 땀을 뻘뻘 흘리고 까마득히 끝이 보이지도 않은 그 먼 길을 어찌 갔는지 지루하지 않게 걸어가며 풀피리도 만들어 불고 노래도 목청껏 부르며 논두렁에 핀 들꽃도 한 다발 꺾어서 가방에 넣어 갔다. 우리를 반겨주실 외할머니, 외할아버지 한 살 많은 이모, 장난꾸러기 외삼촌 생각에 힘든 줄도 모르고 한달음에 가곤 했다. 동네 어귀에 느티나무가 보이면 이젠 한시름 놓였다. 조금만 더 가면 바로 외갓집 동네이니 그때부터 우리는 마지막 힘을 다해 뜀박질하며 올라갔다.

　모깃불 피워놓은 툇마루에 누워서 엉성한 모기장을 치고 총총 박혀 있는 별들을 바라보며 밤이 이슥토록 킬킬대던 어릴 적 외갓집은 정말 청정 지역이었다. 타닥타닥 모깃불 타는 소리와 진한 쑥 향은 아직도 어제 일처럼 생생하다. 눈이 저절로 스르르 감기고 누가 먼저랄 것도 없이 단잠에 빠졌다.

　동네 가구라고는 스무 집이 고작이라서 모두가 한 가족처럼 지내셨다. 집마다 마중물 한 바가지를 넣고 펌프질하는 샘물이었다. 날씨가 가물면 그도 모자라 깊은 산속에서 물을 길어다 식수로 쓰셨다. 땅속에서 솟는 물을 한곳으로 고이게 하고 동네 아낙들은 빨래터에 모여 빨래를 했다. 시내버스라고는 하루에 한 번 운행했고, 웬만큼 아프지 않으면 모두가 할머니 손이 약손이었다. 배가 아파도 꿀물 따끈하게 한 사발 타서 마시면서 배 쓱쓱 문지르시면 끝이었다. 밤늦도록 불러대던 외삼촌의 엉성한 노래 실력 때문에 지금도 만나서 그 이야기하면 배꼽이 빠지게 웃는다. 관객들의 추임새와 같은 호응이 없으면 절대 멈추지 않았던 그 노래, 음정 박자 전혀 상관없이 불러대던 그 시절 유행가는 지금도 술 한 잔 드시면 불러주신다. 역시 관객들의 호응이 없이는 절대 하시지도 않고, 막상 해도 관객의 호응과 박수가 없으면 절대 멈추지 않는다. 추억이 그리운 것은 그 시절로 돌아갈 수 없기 때문이리라.

　동네 어르신들은 개똥참외 한가득 비닐포대에 담아 오셔선 "손주들이 도시에 살아서 그런지 얼굴도 반뜩반뜩 윤이 나고 깎아놓은 밤처럼 예뻐."하시며 연신 머리를 쓰다듬어 주시며 흐뭇해하셨다. 할머니는 어린 나이에 시집보낸 딸에 대한 미안한 마음 때문이었을까 아니면 아직 어려서였을까 우리를 삼촌이나 이모들보다도 살갑게 챙겨주셨다. 사십 년 전만 해도 먹거리가 귀했다. 과일도 크고 맛있는 것으로, 고급스러운 과자가 선물로 들어오면 언제 올지도 모르는 손주들 몫으로 꼭 챙겨놓았다.

한 살 많은 이모에게 어린 마음에도 늘 미안했었다. 나이만 한 살 많았지 의젓하고 역시 이모는 남달랐다. 나중에 외할머니가 안 계실 때 이모는 언니를 엄마처럼 의지하고 지냈다. 그럼 셈셈으로 쳐도 되는 건가? 나본단 이모 마음씀씀이가 넓은 걸 보면 한참 어른이다.

변변한 슈퍼도 없이 간식거리라고는 집에서 할머니가 해주시는 쑥개떡, 삶은 감자에 옥수수가 전부였다. 아이스크림 하나 먹고 싶어도 한참을 돌아 내려가는 구판장까지 다녀와야 했다. 돌아오는 동안 다 녹아서는 한입 베어 물면 주르륵 또 덥다고 아우성들을 쳤었다. 큰 다리에 물 받아 놓고 물장구치다 그것도 성에 안 차면 이모를 따라 산속에 있는 선녀골 이런 곳에 여자들만 살짝 목욕하러 갔었다.

동생들은 삼촌을 따라 개울에 족대를 메고 고기를 잡으러 갔었다. 양동이에 반 정도 잡아 오면 맛있게 튀겨도 주시고 양념해서 찜도 해주셨다. 별 양념 없이도 그땐 정말 별미였다. 까만 가마솥에서 눈물이 흐르면 밥이 끓고 있는 신호다. 밥 위에 계란찜은 또 얼마나 꿀맛이었는지 모른다. 방학에 손주들이 오면 주전부리 챙겨주시느라 외

101

할아버지께서는 나름 바쁘시다. 아침나절 첫차 타고 읍내 가셔서는 실컷 놀다 저녁 늦게야 들어오셨다.

그동안에 고추며 담배 밭에 담배 따는 일은 모두 할머니 몫이 되었다. 뙤약볕에 계시는 외할머니를 도와 드리고 싶은 마음에 고추 고랑을 헤집고 돌아다녔다. 고추 고랑에서 빨간 고추나 따면 좋으련만 고추 대공 부러트렸다고 혼나지나 않으면 다행이었다.

조용하던 외갓집엔 삼 남매의 출현으로 웃음소리가 끊이질 않았었다. 그렇게 무럭무럭 자라는 왜 손주들을 보시면서 대견해 하셨다. 몇 날 며칠 북새통을 치고 놀다 집으로 돌아가려고 가방을 챙기면 그때부터 할머니는 안절부절못하셨다. 동네 입구까지 따라나서며 느티나무 밑에까지 마중을 나오셨다. "겨울방학 하면 엄마랑 꼭 같이 와야 한다" 하시며 한참을 서서 손을 흔들고 발길을 돌리지 못하시던 할머니의 모습이 눈에 선하다. 용돈도, 좋은 옷도 못 사줘서 미안하다며 연실 눈물 훔치시던 모습, 고단했던 산골 살림에 뭐라도 챙겨주시고 싶어 보자기에 꼭꼭 싸서 머리에 이고 마중 나오셨던 외할머니, 아쉬움과 미안함을 보이고 싶어 하시진 않았지만 어린 나이라도 할머니의 표현할 수 없었던 무한했던 사랑을 다 알고 있었다.

어머니는 배라도 곯지 말라고 부잣집에 시집보낸 할머니를 두고두고 원망하면서도 그리워하셨다. 시댁 어른들이 어려워서 친정에 갈 수 없었다고 하셨다. 어린 나이에 시집와서 낯선 시댁에 적응하느라 맘 놓고 못 갔던 그 청정 지역 친정집을 어머니인들 왜 그립지 않았겠는가? 새끼들 건사하며 의연하게 살아오신 어머니의 사랑이 없었다면 우리는 또 어떠했을까. 느티나무 아래서 하염없이 우릴 바라보시면서 흘리셨던 외할머니에 그 눈물의 의미를 이제는 조금은 알 것도 같다.

어머니는 매사에 적극적이셨다. 활달하고, 정이 많으셨다. 어렵고 불쌍한 이웃을 외면하는 분이 아니셨고 늘 기도와 봉사를 생활화하셨다. 주머니에 만 원이 있으면 기꺼이 배고픈 사람을 위해 밥 한 그릇 베풀 줄 아는 따뜻한 분이셨다. 모든 부모가 마찬가지겠지만 어머니 자식 사랑은 유별나시다. 때로는 지나친 사랑에 갈등도 있지만 이해하려 작정하면 못할 것도 없다. 그때의 외할머니보다 지금 어머니가 더 나이 들고 힘이 없어지셨다.

어느덧 어머니는 칠십이 넘으셨다. 두 팔 걷어붙이고 자식 일이라면 앞장서셨던 모습은 사라졌다. 손가락은 앙상하니 관절은 굽어 있고 얼굴엔 주름이 깊게 패 있다. 세월의 흔적들이 고스란히 얼굴이 남아있었다. 외손주들을 어머니도 무척 예뻐라 하신다. 그러나 여전히 그 눈길에 끝엔 항상 내가 있다. 아낌없이 내어주셨던 어머니의 사랑은 살면서 내게 엄청난 힘이 되었다. 부모님께 받은 사랑을 받은 만큼 나는 또 자식에게 아낌없이 주려고 노력한다.

살면서 생각 없이 툭 던지는 말이 있다. "누굴 닮아서 저러는지……." 대부분 칭찬의 의미보다는 질책하고 싶거나 이해되지 않는 행동을 할 때 무심결에 이 말들이 입 밖으로 나온다. 물론 타고난 성품은 쉽게 바뀌지 않는다. 그러나 내 안에 있는 문제가 무엇인지 아는 사람은 어찌 행동해야 하는지도 잘 알고 있다. 분명히 명심해야 할 것은 남을 질책하기보다는 나를 먼저 보아야 한다. '나는 왜 이 모양인지…….' 이제부터는 누구를 탓하기보다 나의 모양새는 내가 만들어가야 하는데……. 나는 누굴 닮아서 이렇게 멋지고 당당한지, 감사하면서 살아야겠다.

부모님의 빈자리

책임의 무게

아버지는 10남매의 셋째로 태어나 증조할아버지 때부터 해오던 정미소 일을 하셨다. 성품이 조용하고 딸 같아 많은 가족 틈에서 결혼하기 전에도 할머니를 도와 집안일을 하셨다. 동생들 건사하느라 결혼해서 분가하고도 할아버지 댁에서 일하시며 생활비를 받아 쓰셨다. 살림이 나아질 기미가 보이질 않자 생각다 못한 아버지는 내가 초등학교 2학년 때 가족들을 데리고 타지인 충주로 이사를 하셨다. 급한 대로 남의 집 문간방에서 세를 들어 사셨다. 주인집 할아버지가 시끄럽다고 매일 혼내는 바람에 자식들이 눈치 보는 게 싫으셨는지 방앗간 옆에 벽돌을 쌓고 손수 구들장을 놓아 방을 꾸미셨다. 겨울이면 벽에 외풍이 들어 번들번들 성에가 낄 정도였으니 두꺼운 이불을 코 밑까지 덮고 자야 했다. 그래도 맘 편히 장난치고 떠들 수 있다고 좋아했었다.

가을이면 빼곡히 방앗간 안쪽으로 볏가마가 쌓였다. 아버지는 늦은 저녁까지 허리 한번 못 펴고 등짐으로 벼를 날라다 눈썹 위에 뽀얗게 먼지가 쌓이도록 벼를 찧었다. 기계를 세울 수가 없어서 제때에 식사를 못 하셨다. 허기를 달래며 드셨던 생쌀은 입가에 허옇게 고단함과 함께 묻어 있었다.

이씨 집성촌이라 텃새가 말도 못 하게 심했고 동네 사람들은 비위에 거슬리면 동네 한가운데 있는 집 앞으로 보란 듯이 가로질러 다른 동네로 벼를 찧으러 갔었다. 동네 사람들은 대놓고 아버지를 방아쟁이라고 무시했다. 한숨 쉬면서 걱정하시는 부모님 말씀을 자는 척했지만 모두 듣고 있었다. 경로당에 막걸리도 사다 드리고 동네 큰일 있으면 후원금도 내셨다. 모든 로비는 활달한 성격을 지닌 어머니 몫이었다.

추수철이면 이른 새벽부터 탈곡하는 남에 논으로 함께 가서서 일을 거들며 벼를 직접 경운기에 싣고 오기도 하셨다. 한쪽에는 볏가마를 쌓고 한쪽에서는 방아를 찧고 돌아가는 기계 소리는 밤늦게 돼서야 멈추었다. 꾸벅꾸벅 졸면서 기다렸다가 따뜻한 물로 발 씻어 드리고 안마해 주는 딸에게서 작지만, 아버지는 행복해하셨다.

아버지 어깨 위에 쌓인 먼지와 기름때 묻은 옷가지들, 몸에서 가시지 않았던 쌀겨 냄새를 맡으며 초등학교 시절을 보냈다. 부모님이 걱정하실 일은 할 수 없었다. 어린 마음에 얼른 커서 효도하고 싶었다. 아버지의 지치고 고단했던 모습들은 살면서 힘들 때마다 나의 머릿속에 떠올랐다.

동생들은 금왕 읍내에 있는 학교 말고 청주인 타지로 고등학교를 진학했다. 방값에 등록금까지 말씀은 안 하셨지만, 부모님은 힘들어

하셨다. 딸이니까 대학을 가지 말라는 말씀은 하지 않았지만, 부담을 덜어 드리고 싶어 대학을 포기하고 동생들과 함께 자취하며 직장생활을 시작했다. 동생들과 자취하는 동안에 엄청난 책임감으로 부담스럽기도 했지만 나름 즐거운 추억도 많았다.

무더운 여름 동생을 위해 열무 냉면을 해놓고 기다렸다. 면을 삶아 찬물로 깨끗이 헹구어 놓고 그 위에 열무김치를 넣어야 하는데 라면처럼 삶아서 그 위에 김치를 부었으니 어떤 맛인지는 상상에 맡기고 싶다. 동생은 한 젓가락 먹고 말았지만 나는 알맞게 익은 김치가 아까워 두 그릇을 다 비웠다. 그날 저녁 화장실 들락거리느라 밤새웠던 이야기는 형제들이 모여 냉면을 먹을 때마다 등장한다.

퇴근하고 자취방에 돌아와 보면 부모님이 오셨다 가신 흔적이 있었다. 반찬이 냉장고에 꽉 차 있었다. 열흘은 반찬 걱정 안 해도 될 만큼 뿌듯했다. 검정 봉지에 이것저것 간식도 사다 놓으시고 방바닥에는 밀린 빨래를 해서 널어놓았다. 버스 시간 맞춰가야 한다고 잠시 앉아보지도 못하고 동동거리며 청소와 빨래를 힘들게 하시고 서둘러 가셨을 부모님 모습을 생각하면 콧등이 시큰하게 감사했다.

오십이 넘은 지금도 날이 저물면 부모님이 그립다. 가끔 어머니 말끝에서 아직도 본인에게 살갑지 않은 무심한 남편에 대한 섭섭함이 묻어나지만 그래도 무심한 남편이라도 옆에 있을 때가 좋았다 하신다. 바쁘다는 핑계로 일 년에 서너 번 찾아뵙는 것이 전부였다. 용돈 한번 듬뿍 드리지 못하는 자식들의 빠듯한 살림을 아버지는 알고 계셨다. 결혼해서 자식을 낳고 살아도 아버지의 눈에는 생글생글 잘 웃고 목청 세우며 노래 부르던 여섯 살짜리, 사춘기가 되면서도 아버지 어깨에 매달려 업어달라고 졸라대던 철부지 어린 딸이었다. 그 모습을 그리워라도 하시듯 촉촉한 눈가 너머로 빙긋이 나를 바라보았었다.

지난주 일요일이 아버지 생신이었다. 이제 아버지의 투박하고 거친 손을 잡으며 큰소리로 웃을 수도 없다. 목 놓아 울어도 오실 수 없는 먼 곳으로 가셨다. 평생을 허름한 작업복이 일할 땐 편하다고 입으셨던 아버지의 살아생전에 찍었던 사진들을 보았다. 울지 않으려고 했는데 또 뜨거운 눈물이 앞을 가렸다. 그리운 마음에 답장이 오지 않을 것 알면서도 편지를 썼다.

천상에 보내는 편지

평생을 손에서 일을 놓지 않고 성실하게 생활하셨던 아버지!
책임의 무게만큼 쉼 없이 일하신 건가요? 당신 어깨를 누르고 있던
삶의 무게를 진작 헤아렸더라면 함께 힘이 되어 드렸을까요? 아마
도 제 자식 건사하기 바빠서 무심히 흘려버렸을 겁니다.

부모님의 빈자리

당신이 손수 농사지어 주셨던 쌀을 가져다 먹을 때는 미처 몰랐습니다. 얼마나 귀하고 감사했는지 마트에서 쌀 한 포 사서 나오면서 저는 또 한참을 말없이 눈시울을 적셨습니다. 일할 땐 이것이 편하다 하시며 다 해진 옷을 걸치고 힘들게 농사지어 어려운 형편에 자식들하고 챙겨 먹으라고 바리바리 챙겨주시던 당신은 이제 어디서 찾아야 하나요? 종일 모판을 날라 모를 심고 군데군데 빈자리를 살피고 늦은 저녁까지 일하시고 돌아와 수돗가에 앉아 흙 묻은 장화를 씻으시며 휴 한숨 쉬셨던 당신의 등 뒤에서 저는 그리움을 부여잡고 한참을 서 있습니다. 와락 달려가 안기고 싶습니다.

당신의 성실함은 삶의 원천이며 유산임을 잘 압니다.
사랑하는 가족이 있기에 힘든 순간들을 버틸 수 있었고 삶의 고비를 넘을 때마다 오직 한 가지 아이들에게 온전하고 행복한 가정을 만들어주기 위해서 노력했습니다. 이제껏 함께하며 저버릴 수 없었던 가족이라는 끈이 당신이 떠나고 안 계신 지금! 왜 이렇게 슬픔으로 다가오는지 모르겠습니다.
어머니가 몹시 아프십니다. 일시적인 우울감이 아니라 오래전부터 그랬던 것 같습니다. 층층시하에 시집와서 고생하는 열아홉 어린 신부의 응석을 칠십 평생 묵묵히 받아주고 사셨던 남편, 빈자리를 자식인 저희에게 풀고 계신지도 모르겠습니다.

먼 길 떠나려는 남편이 병석에 계시는 동안 잘 정리하실 수 있게 챙겨주고 조용히 배려해 주지 못 한 일, 혹여 하고 귀찮다고 내색했던 지난 시간이 어머니인들 왜 후회가 없으시겠습니까. 그 후회가, 그 상실감이 어머니를 아주 힘들게 하는 것 같습니다. 미움도, 원망도, 다툼도, 모두가 지나버린 추억이 되었으니 말입니다. 하루빨리 마음의 안정을 찾으셨으면 합니다.

미워하면서 닮나 봅니다. 아버지 떠나시고 어머니께 모진 말 많이 했습니다. 옆에서 안 살피고 뭐 했느냐고요. 그 말은 순전히 저 자신을 향한 자책의 말이었지요. 사랑하는 사람과 둥지를 틀고 부모 곁을 떠나 부양할 가족을 책임지고, 삶의 굴곡 속에서 딱 그 나이 만큼에 걸맞게 부모를 이해하는 것 같습니다. 어머니를 이해하고 사랑하도록 노력하겠습니다. 당신이 넘치도록 주셨던 사랑을 왜 그때는 감사하다고 표현 못 했는지 변변하게 용돈 한번 드리지 못하는 것이 죄스러워 결혼 후 몇 년을 아예 발길 뚝 끊은 지난 시간이 미치도록 후회됩니다. 그냥 자식 얼굴 보는 게 힘이 된다는 걸 너무 늦게 깨달은 이 미련한 자식을 용서하십시오. 죄스러운 마음은 살아가는 동안 시시때때로 아파질 겁니다.

아버지 그곳은 편안하신가요?
뙤약볕도 거센 비바람도 추위도 없는 편안한 곳이겠죠? 고단

부모님의 빈자리

하셨던 일들은 모두 잊고 맘 편히 누워서 낮잠도 주무시고 당신이 좋아하시던 글도 쓰고 책도 읽으시고 가끔은 약주 한잔 드시고 흥얼거리다 노랫가락에 장단 맞추어 호탕하게 웃기도 하면서 즐겁게 지내고 계세요.

다음 생이 있다면 저는 그때도 당신의 딸로 태어나 사랑받고 싶습니다. 하루하루가 미치도록 행복하다는 장담은 할 수 없지만 그래도 제 앞가림하며 주어진 삶을 열심히 살겠습니다. 그곳에서 말없이 웃으시며 용기 주시리라 믿습니다. 사무치게 당신이 그립습니다.

천상에서 행복하게 지내십시오.

내 삶만
생각했던 시간

———

어버이날에 아들에게서 커다란 꽃바구니와 함께 문자가 왔다.

"엄마는 하늘에서 내게 보내준 천사 같아요. 감사합니다. 건강하세요."

순간 왈칵 눈물이 쏟아지며 감격했다. 작은 아이는 옆에서 살갑게 챙겨주지만, 큰아이는 무심해서 늘 나를 서운하게 했다. 가끔 이렇게 한 번씩 해주는 이벤트성 말이라 할지라도 감동을 주니 감사하다. 별것 아닌데도 그동안 녀석들 키우면서 서운하고 속상했던 마음이 한순간에 싹 사라졌다.

늘 일하는 엄마라서 최선을 다한다고 했지만 두 마리 토끼를 모두 잡을 수는 없는 일이었다. 좋은 환경에서 뒷바라지해주는 것이 최선이라고 생각했고 일에 대한 성공이 곧 경제적으로도 안정을 가져올 거라 믿었다. 목표를 정하고 미친 듯이 일하고 있을 때 엄마가 바쁘다는 이유로 함께 있는 시간보다 아이들은 혼자 있는 시간들이 많았다. 큰아이와 군대 가기 전에 밤새워 이야기했었다. 그때 알았다. 엄마가 생각했던 것과 다르게 아들은 의외의 것에서 상처받았다는 사실을……. 진심으로 사과했다. 마음에 상처로 담아 두지 않길 바랐다. 이렇게 속엣말을 해야만 아픈 곳이 어디인지 정확히 알고 그것에 따라 위로하든 오해를 풀든 하지, 말하지 않아도 알겠거니 생각하고 마음에 담아 두면 결국 상처가 돼서 돌아온다.

아이들은 이제 성인이 되었다. 스스로 판단하고 행동할 줄 알며 행동에 책임질 줄도 안다. 남편은 그러다 상처받지 말고 적당히 하고 자식들에게서 정을 떼란다. 우린 그 나이에 결혼해서 아들을 낳았으니 알아서 하게 내버려 두라고. 물론 이론적으로는 맞는 말이다. 그러나 마음은 그렇지 않다. 놓을 줄도 알아야 하는데 자식을 향하는 마음이 어찌 선 긋는다고 매번 그 선을 지킬 수 있겠는가? 가끔 그 선을 한참 넘어 무조건 내어주는 것이 부모 마음이다. 자식들이 크면서 생각한다. 가끔은 서운해도 속으로 삭이면서 어떻게 해야 자식이 가장 행복할까를 고민한다.

부모란 그런 존재다. 자식에게 큰 산이 되어주는 것! 노심초사 걱정해서 하는 말들이, 챙겨주는 마음들이 성가시게 느껴지겠지만 때가 되면 그 마음이 얼마나 큰 사랑이었는지 자식들도 알게 될 것이다. 평생 자식들 향해 있었을 부모님 마음이 조금은 이해가 된다.

둘째를 낳고 얼마 지나지 않아 일이었다. 몸이 이상해 병원을 찾았다. 셋째를 임신한 지 넉 달이 지났는데도 모르고 있었다. 안 되는 줄 알면서도 어쩔 수 없는 현실 때문에 우리는 아이를 포기할 수밖에 없었다. 수술하고도 편히 쉴 상황이 못 되어 바로 출근을 했고 애써 앞으로만 가고자 하는 우리 앞에 신께서는 또 한 번에 고비를 주셨다. 모두가 잠든 새벽에 화장실에서 하혈하며 정신을 잃고 쓰러졌다. 병원으로 옮겨 다행히 조치는 취했지만, 그날 이후로 몸의 체질은 완전히 바뀌었다. 항생제를 거부하고 부작용 때문에 마음대로 약을 쓸 수가 없다는 진단이 내려졌다. 영혼까지 다 빠져나가는 느낌이었다.

부모님의 반대를 무릅쓰고 결혼했으니 잘살고 싶었다. 효도하고 싶었다. 며칠 동안 손가락 하나 움직일 수 없게 몸도 마음도 죽을 만큼 아팠다. 처음으로 죽고 싶단 생각을 했다. 아무런 희망이 보이질 않았다. 너무 지쳐 있었다. 며칠을 끙끙 앓고 일어나서 현실에서 포기할 수밖에 없었던 아이를 위해 기도했다. "정말 미안하다. 다음 생에 좋은 인연으로 다시 만나자." 간절함이 통했는지 꿈에 나타나 미소로 화답하고 아이는 떠났다.

뭐가 그리 중요하다고 내 몸은 돌보지 않으면서 살았는지 모든 것을 나 혼자 감당하려다 보니 스트레스가 심했고, 마치 늪에 빠져서 버둥대는 꼴로 살아온 것 같아 가슴이 답답했다. 솟구치는 원망 때문에 스스로 버틸 수 있는 몸의 면역력은 바닥으로 떨어졌다. 몸은 하루가 다르게 허약해지고 있었다. 면역 세포들은 제 기능을 못하고 있었다. 해열제나 감기약도 맘 놓고 먹을 수 없었다. 나는 이 암담한 상황들을 죄의 보석으로 겸허히 받아들였다. 이렇게 내 삶에 열중하느라 부모님 가슴 미어지는 것은 헤아리지 못하고 살았다. 어버이날이고 생신이고 제대로 챙겨 드린 적이 없었다. 한고비 넘었다 싶으면 또 일이 생겼고, 그때마다 부모님 아시면 속상하니 차라리 모르는 게 낫겠다 싶어 아예 연락도 없이 발길 뚝 끊고 찾아뵙지를 않았었다. 큰맘 먹고 친정엘 가도 돌아올 때는 늘 뒷좌석에서 울며 집으로 돌아왔었다. 그런 모습을 보는 남편의 마음도 편치는 않았을 것 같다.

세상에 대충해서 되는 일이 있을까? 세상에 거저 되는 일은 하나도 없다. 하다못해 유치원 짝꿍에게도 친해지고 싶으면 사탕 하나라도 주면서 너랑 친구하고 싶다고 표현해야 한다. 아무도 알아주지 않는 조직에서 늘 앞으로 나가야 한다는 마음이 나를 불안하게 했었다. 남들보다 더도 말고 딱 2배만 노력하자, 언젠가는 정상에 우뚝 서서 말해 주리라. 내 삶의 방식이 옳았다고 이렇게 자신을 위로하며 쉼 없이 달려왔다.

삶이 계획했던 대로 되지 않는다는 것을 좌절과 실패를 통해 알게 되었다. 책임져야 할 누군가가 있다면 한번 실패했다고 두 손 놓고 앉아 있을 수만은 없다. 성공하고 싶은 강한 의지는 나를 일으켜 세웠고 절박함이 나를 또 달리게 했다. 끊임없이 긍정적인 에너지로 나를 채워야 했다. 위기가 올 때마다 나는 더 단단해졌고 의연해졌다. 그렇게 습관처럼 살다 보니 어느 순간 섬광처럼 번쩍하고 스치는 것이 있었다.

모든 것이 때가 되어야 한다. 그리고 반드시 정상에 서야만 성공이 아니라는 것을 알게 되었다.

사람마다 살아가는 방식이 다르다. 누가 이것이 옳다 그르다라고 말할 수는 없다. 그러나 적어도 가만히 앉아서 감 떨어질 때를 기다려서는 안 된다. 감나무에 사다리를 놓고 올라가든지 작대기라도 구해서 따려고 노력은 해봐야 감이 달달한지 떫은지 알 수 있을 것이다. 무엇이든 부딪혀 봐야 실패든 성공이든 결과를 얻을 수 있다.

산행하는 사람들은 때로는 험한 길을 자처하기도 한다. 오르는 동안에는 아무리 험난해도 주저하지 않는다. 이미 오르기로 마음먹었으니 오로지 한곳만 보고 묵묵히 산행을 계속한다. 정상에 올라 말한다. 발아래 내려다보이는 자연의 수려함에 너 참 멋지구나.

나는 이제 산 중턱을 올라와 막바지 코스로 진입하는 산악인과도 같다. 올라왔던 길보다 더 험할 수도 있고 더 평탄할 수도 있다. 그러나 물러서지 말고 당당히 가야 한다. 끝까지 가봐야 알 수 있다.

인생길 위에 자연과 어우러진 내 땀의 진가를 그리고 정상에 우뚝 서서 여기까지 오르느라 참 수고했다고 말하리라.

큰 산을 잃다

―――――――

봄을 재촉하는 비가 내리고 있다. 이 비가 그치면 몽우리 졌던 목련이 꽃망울을 터뜨리려나? 작년 식목일에 묘목 한 그루 사서 아버지를 뵈러 갔었다. 쓸쓸하게 계신 곳에 봄소식을 가장 먼저 알리는 목련 한그루 심어드리고 싶었다. 내가 제일 좋아하는 꽃을 아버지와 늘 함께 보고 싶었다. 땅속에 찬 기운이 도는 듯해서 염려하며 구덩이를 파고 심었더니 아니나 다를까 그 주에 때 아닌 눈이 와 죽고 말았다. 내년에 꼭 다시 심어야지 생각했었다. 그리고 이 년이 지났는데 아직도 못가고 있으니 온종일 마음만 불편하다.

직장생활을 정리하고 커피숍을 하기로 마음을 먹었다. 커피숍을 하는 것은 오랜 나의 목표이기도 했다. 사실 이른 감이 있었지만, 무리해서 저지른 이유가 있었다. 아들은 폴리텍대학에 들어가 특수 용접을 전공하고 취업을 나갔지만 한 달 만에 본인이 생각했던 것과 환경이 너무 달라 답답해했다. 주말에 집에 와서 엄마 얼굴 보고 위로받고 가야 하는데 실습생이니 제대로 된 대우는커녕 바쁘다는 핑계로 주말까지 일을 시켰고 예민한 녀석은 하루하루 견디는 것을 힘들어했다.

퇴근을 하고 현관문을 열었다. 들어서려는데 실습 나갔던 아들이 평일인데 연락도 없이 와 있었다. 방문을 열어보니 밥도 안 먹고 옷도 입은 채로 잔뜩 웅크리고 자고 있었다. 아이를 깨워 따뜻한 밥을 먹이며 타일렀다.

"사회생활을 하다 보면 어느 회사든 수습 기간이란 것이 있으니까 그 시간 동안 참을성과 책임감을 길러 보도록 하자 딱 3개월만 지내고 오면 엄마가 즐겁게 할 수 있는 일을 알아보고 결정할게. 엄마 믿고 3개월 잘 있다 올 수 있겠니?"

아들은 내 가슴에 얼굴을 파묻고 엉엉 울었다. 가슴이 미어졌다. 어릴 적부터 엄마 손길이 그리운 아이였다. 사춘기를 심하게 겪을 때도 모든 것이 내 탓인 것만 같았다. 아들은 무사히 3개월 수습과정을 마치고 집으로 돌아왔다.

얼마 안 되는 퇴직금만 손에 쥐고 시작하려는 사업은 여러 가지 어려움에 부딪혔다. 이미 본사에 계약금이 올라가 있는 상태라서 오픈 일정에 맞추어 일을 진행해야 했다. 목 좋은 곳에 가게를 얻기 위해서는 발품을 팔고 구석구석 돌아다녀야 했다. 금전적으로 부족한 것을 채우려고 대출도 받고 보험도 해약했다. 오픈을 앞두고 고열과 대상포진이 왔지만, 링거 투혼으로 버텼다. 우여곡절 끝에 가게는 열었고 정신없이 바빴다. 나중에 암 진단을 받고 수술비 때문에 힘들 줄 미리 알았더라면 보험은 남겨 놓았어야 했다.

　오랜 고생 끝에 남에 밑에 있는 게 아니라 가게라도 하나 차렸으니 부모님은 무척 기뻐하셨다. 가게 개점하는 날도 동동거리는 딸이 안쓰러워 부모님은 먼발치에서 바라만 보고 가셨다. 사흘 동안 치러진 오픈 행사는 성황리에 끝났고 새로운 손님들, 지인들, 그동안 쌓아왔던 많은 인맥이 나의 성공을 바라듯 진심으로 축하해주었다. 하루 열 시간씩 일해도 힘든 줄 몰랐다. 매일매일 이 새롭고 직장 생활할 때의 고단함 하고는 느낌이 달랐다. 힘든 만큼 금전적인 보상이 따라줬다. 아들과 함께 손발이 척척 커피를 내리고 음료를 만들고 신나게 일했다. 고객을 대하는 데 어려움은 없었고 자신감이 충만했다. 서비스와 친절함, 가격대비 커피가 맛있다고 입소문이 나면서 차츰 단골이 생기기 시작했다. 그렇게 내 인생에 또 한 번의 무지개가 뜨고 있었다.

　동생한테 갑자기 연락이 왔다. 아버지 모시고 큰 병원에 가야 한다고 했다. 구정 명절에 갔을 때도 고단하시다고 잠만 주무셨었다. 감기약을 한 달간 드셔도 기침이 계속 나고 차도가 없다며 엑스레이 한 번 찍어야겠다고 말끝을 흐리셨다.
　"장사는 잘되니? 쉬엄쉬엄해라, 몸 축나면 너만 억울하니까."
　내 새끼 고생하는 것도 안쓰러운 데 아프기까지 하면 당신이 더 억울하시다는 소리로 들렸다.
　"이제 먹고살 만하니 아무 걱정하지 마세요. 그동안 못해 드린 거

효도하면서 살 테니까 오래오래 사세요."

이것이 지키지도 못할 약속이 될 줄은 몰랐다. 감기라고 하니 큰 병원 가서 입원치료 하시면 괜찮으시겠지. 가족들 모두 그렇게 생각했다. 아버지 역시도 당신 몸속에 그렇게 무시무시한 암 덩어리가 있는 줄은 꿈에도 짐작 못 하셨을 것이다. 폐에 물 찬 걸 빼서 정밀검사를 해봐야 정확한 진단이 나온다고 했다. 아버지는 진단결과 폐암 말기 3개월의 시한부 선고를 받았다. 동생은 어머니나 형제인 우리에게조차 알리지 않고 혼자서 오진일 수 있으니 포기하지 않고 서울 병원으로 수소문 끝에 예약을 잡고 아버지를 입원시켰다.

아버지 모습은 며칠 사이 많이 수척해지셨다. 폐에서 계속 물을 빼는 물주머니를 차고 계셨다. 아무 걱정하지 마시라고 잘 치료 끝나고 내려가면 된다고 안심시켜 드렸지만, 항암치료를 받으셔야 한다는 말씀을 듣고 당신도 뭔가 안 좋은 예감이 드셨던 것 같다. 동생이 이렇게 혼자 동분서주하며 애태우고 있을 때 나는 가게를 개점했다는 이유로 올라가 보지도 못했었다. 한 번의 항암치료 후 더 감당할 수 없게 체력이 급격히 쇠약해지면서 병원은 싫고 집으로 가고 싶다는 아버지 뜻대로 집으로 모셨다. 평생을 가족들을 위해 일하시고 한순간도 허투루 살지 않으셨든 당당했든 아버지 모습은 더 찾아볼 수가 없었다. 육신이 병들어 죽음을 기다리는 한없이 나약한 노인이었다.

임종하시기 며칠 전 가족들이 모두 다녀갔다. 아버지 형제분들, 외갓집 식구들, 하다못해 사촌 육촌까지도 아버지에게 마지막까지 삶의 끈을 놓지 말라고 위로해주기 위해 모였다. 죽 반 공기 떠서 드리고 참외를 숟가락으로 긁어 겨우 국물을 입에 축여 드리며 울고 있는 딸에게 "아가 울지 마라. 왜 울어 너 보니 좋다" 하셨다. 손끝 하나 움직일 수 없어도 정신은 멀쩡하셔서는 어머니를 찾으셨다. "아버지 제가 해 드릴게요." 아버지는 모든 것을 체념하신 듯 앙상하게 뼈만 남은 몸을 딸에게 의지하셨다. 이별이 멀지 않았다는 것을 그때 직감적으로 알았다. 그날 나는 평생에 처음이자 마지막으로 아버지 기저귀를 갈아 드렸다. 살아생전 마지막 대면이었고 딸에게서 받는 마지막 사랑이었다. 평소에도 자식들에게 짐 되는 것을 끔찍이 싫어하셨던 당신 성품대로 그렇게 아버지는 영원한 안식의 나라로 떠나가셨다.

장례에 삼우제까지 마치고 모두 돌아갔다. 어머니와 둘이서 아버지 유품을 정리했다. 딸이 사다 준 옷이라며 평소에 즐겨 입으셨던 점퍼며, 티셔츠, 평생 농사에 다 해진 옷을 못 버리게 하고 입으셨던 작업복 옷가지들을 보면서 아버지 살아생전 모습들이 스쳐 지나갔다. 평소에 즐겨 읽으셨던 책과 신문 위에 안경, 그리고 필체 좋게 써놓으신 메모들을 읽으며 꼼꼼하고 자상하셨던 아버지 성격이 그대로 보였다. 병원에 감기인 줄 알고 입원하시기 전날까지 써놓으셨던 일기를 보며 또 한참을 울었다. 아내에 대한 당부와 자식들에 대한 염려를 끝으로 아버지의 일기는 2016년 2월. 마지막이 되었다.

혼자 계신 어머니께 이것저것 당부하고 아이들과 남편이 있는 집으로 돌아왔다. 넋을 놓고 앉아있는 모습을 보며 가족들은 위로했다. 아무것도 들리지 않았다. 허공에 울리는 징 소리 같았다. 아버지는 내가 살아가는 또 하나의 원동력이었다. 어릴 적부터 한 번도 꾸중을 들어 본 적이 없었다. 그렇다고 버릇없는 것을 묵인하며 키우신 것은 아니다. 늘 칭찬을 아끼지 않았고 자랑스러워서 하셨으며 딸이 가진 재능을 안타까워하셨다. 자식이지만 자존심을 세워 주셨고 어떠한 시련이 와도 굳건하게 버틸 수 있었던 것은 내 뒤에 무한한 신뢰와 사랑으로 버티고 계셨던 아버지 때문이었다. 그렇게 산처럼 영원히 내 곁에 계실 줄 알았던 아버지를 잃고 깊은 나락으로 떨어지고 있었다.

부모님의 빈자리

아버지를
보내며

그날도 오늘처럼 하얀 나비 한 마리가 제 주위를 맴돌았습니다. 모두가 매한가지겠지만 준비 없이 닥친 영원한 이별 앞에 장례식 내내 저희 모두는 오열했습니다. 집 떠나면 큰일 나는 줄 알고 여행한번 맘 편히 가지 못하셨던 그 청빈하고, 성실했던 삶이 외롭지는 않으셨는지요? 어느 결엔가 저는 당신을 쫓아가는 한 마리 나비가 됩니다.

오늘은 병원에 왔습니다. 정기검진해서 다른 곳에도 종양이 있는지 알아보려 합니다. 당신이 떠나시고 딱 한 달 만에 발병한 이 못된 균들을 어찌해야 할까요? 아버지의 죽음을 받아들일 겨를도 없이 꾸역꾸역 오늘도 제 앞에 닥친 현실이 믿기지는 않지만, 죽을힘을 다해 병마와 싸우고 있습니다. 혈관을 찾지 못해 여기저기 찔러대고 수도 없이 채혈해서 엄청나게 많은 검사를 해댑니다.

유방암 진단 후 수술을 하고 단계별로 4번의 항암치료와 18번에 표적 주사를 맞으며 찰랑거리던 머리카락도 동그랗고 볼록하니 예쁘던 손톱도 윤기 있던 얼굴도 정말 몰골이 말이 아닙니다. 온몸이 먹빛입니다. 주사를 맞고 오는 날이면 잔뜩 웅크리고 하얗게 밤을 새웁니다. 버스로 서울까지 3주에 한 번씩 올라가는 일은 정말이지 전쟁입니다. 아무것도 할 수 없게 몸도 맘도 피폐하게 만드니 전쟁일 수밖에요.

아버지, 죽음이 목전에 와 있는데 어찌 두렵지 않으셨겠습니까? 저는 병실에 누워 있는 내내 주체할 수 없는 두려움과 당신에 대한 그리움으로 "아버지~ 함께 가요" 차라리 그게 낫겠다 싶을 만큼 고통의 연속이었습니다. 물 머금은 솜처럼 매번 혼자 사투를 벌이며 힘겨워할 며느리가 안타까우셨는지 시어머님께서는 치료받는 일 년, 꼬박 제 손을 잡고 서울까지 동행하셨습니다.

말없이 잡은 손끝에서 전 무한한 사랑을 느꼈습니다. 지금 벌어지고 있는 이 전쟁 같은 상황 속에서 수도 없이 제 머릿속을 맴돌며 되뇌였던 말.

'아버지 왜 그렇게 훌쩍 미련 없이 가버리셨나요?'

오늘도 제 설움에 엉엉 소리 내어 울었습니다. 아버지 손을 놓쳐버린 다섯 살배기 어린아이처럼 오늘 아침에는 문득 그런 생각이 들었습니다. 생사의 고비를 넘고 있는 이 상황에도 사소한 그것들까지 가족들을 챙기고 있는 내 모습을 보며 스스로 지쳐갈 때도 있지만 그건 사랑의 표현이라고 인정받고 싶었나 봅니다. 왜 고마운 마음보다는 극성스러운 성격 탓으로 매도하는지 모르겠습니다. 속상하고 서운합니다. 당신이 계셨다면 무조건 제 편이 되어 주셨을 것을, 폐암 선고 후 한 번에 항암치료를 받고 급격한 체력 저하로 3개월 만에 애쓰는 자식들에게 "짐 되기 싫다." 하시더니 당신은 홀연히 가셨습니다.

속수무책으로 당한 이 기막힌 현실 앞에, 허탈함과 그리움으로 잠못 든 밤이 어찌 하루 이틀이겠습니까? 갑자기 사랑하는 사람들과 준비 없는 이별을 할 수도 있다는 생각에 오늘도 조바심을 냅니다. 불안한 조바심은 남편과 자식들에게 제 방식의 이별 연습을 시키며 상처를 주고 있습니다. 제발 상처 주고 자책하며 마음 아파하지 말자고 가슴 쓸어내리며 마음을 다잡습니다.

입추가 지난 지 며칠 되었습니다. 선들바람이 붑니다. 생각 없이 걸친 얇은 옷을 잔뜩 여며 봅니다. 이 좋은 계절에 태어난 저를 그지없이 믿고 사랑해 주셨던 당신이 미치도록 그립습니다. 맑은 햇살과 파란 하늘이 마치 당신에, 사랑의 크기만큼 제 머리 위를 덮고 있습니다. 저의 우주이고 땅이었던 분. 그곳에서 편히 계시길 간절히 기도합니다.

가까운 지인분이 혈액암으로 돌아가셨습니다. 영원한 이별 앞에 자식들은 오열합니다. 장례식장에서 돌아오는 내내 기도했습니다. "부질없고 사소한 이 모든 감정을 내려놓게 하시고 오늘도 허락하신 시간 후회없이 살게 하소서!"

마음이 자꾸 약해집니다. 파란 하늘에 구름이 모양을 바꿔가며 속삭이듯 장난을 칩니다.

오늘따라 유난히 바람 냄새가 좋습니다. 그리움에 울컥 가슴이 울렁입니다. 차분한 성품 탓에 표현 제대로 못 하신 당신의 고단했던 삶은 온전히 저에게 전달되는 듯합니다. 치료 중에도 오전엔 제가 카페 일을 봐줘야 해서 가발을 쓰고 출근해서 일합니다. 아픈 내색 힘든 내색하지 않고 꿋꿋이 버티고 있습니다.

반복되는 약물치료로 한없이 야위어 가는 모습을 보면서 우리 집 남자들은 풍랑에 표류하는 배처럼 헤매고 있습니다. 그나마 당신께서는 딸의 병을 모르고 돌아가셨으니 얼마나 다행입니까? 걱정하지 말라고 오히려 제가 그들을 위로합니다. 가족들 앞에서는 약한 모습 보이고 싶지 않습니다. 이런 모습 보신다면 그곳에서 아버지 속상하고 맘 아프실 거 다 압니다. 당신이 지켜주고 계시리라는 믿음에 오늘도 힘이 납니다. 사랑하는 사람들과 더불어 당당하고 야무지게 살려 합니다.

가을이 깊어가고 있습니다. 추수를 앞두고 동생도 저처럼 논두렁을 헤매면서 많이 울었을 겁니다. 맏아들이라는 책임감에 아버지 임종을 지켜보며 애 많이 썼습니다. 다 아시죠? 농사라고는 지어보지 않았으니 언제 물을 대고 벼를 심는지, 농작물은 종류별로 언제 심어야 하는지, 튼실하게 열매를 수확하려면 언제 소독을 해야 하는지 경험이 없으니 어찌 알겠습니까?

어쩌다 친정에 찾아가도 당신은 늘 허리 굽혀 뜨거운 뙤약볕에서 일하고 계셨고 큰소리로 "아버지" 부르면 빙그레 웃으시던 모습이 아직도 눈에 선합니다. "일하기 싫어 가셨나 보다." 회한에 찬 어머니에 울먹이는 목소리, 그 말속에 후회와 자책, 짝지를 그리워하는 어머니를 보면서 마음이 아파 또 눈시울이 붉어지고 한없이 목멥니다.

그러나 이제는 모두가 부질없는 일이란 걸 동생도, 저도, 어머니도 다 압니다. 꾹꾹 눌러 참았던 그리움은 뜨거운 용암처럼 터져 흘러내립니다. 종일 비가 옵니다. 꿈에 찾아오신 당신을 부둥켜안고 밤새 울었습니다. 속이 후련해지면 단단해져서 다시금 일어섭니다. 당신이 가족들을 위해 묵묵히 버텨 주셨던 것처럼 저도 견뎌 보겠습니다. 제 걱정은 마십시오. 아직은 할 일이 남아 있으니 정신 바짝 차리고 살겠습니다.

아버지! 말없이 웃고 계실 당신을 목 놓아 부르며 그리움 겹겹이 엮어 보냅니다. 고단했던 하루가 삶에 깊이 뿌리를 내리는 과정이었다고 생각하면 위로가 됩니다. 깊이 뿌리내린 그 속에서 활짝 꽃이 피고 향기도 나겠지요. 이제 마음이 한결 가벼워졌습니다. 아버지 사랑합니다. 천상에서 행복하게 지내십시오.

나는 이제
어떻게 살 것인가?

───

2016년 6월 아버지가 떠나시고 한 달 만에 유방암 선고를 받았다. 겨우 사력을 다해 버티고 있던 체력은 아버지가 떠나시고 바늘 위에 올려져 있는 풍선과도 같았다.

한 달 동안 그리움과 자책, 원망으로 최소한의 기본 생활도 할 수 없을 만큼 자신을 괴롭혔다. 상실감과 우울감에 먹지도 자지도 않고 매일 울기만 했었다.

스스로에 대한 분노가 몸을 완전히 망가뜨렸고 몸속에 잠복하고 있는 암세포는 곰팡이처럼 급속도로 내 몸을 잠식해 버렸다. 삶에 대한 일말의 애착이 없었다. 치료를 받지 않겠다고 버텼다. 남편과 아이들은 울면서 매달렸다. 가족의 설득 끝에 치료를 받기로 했고 수술하고 항암치료 하는 동안에도 가족들은 곁에서 많은 힘이 되어 주었다. 아직 약을 먹고 있으니 치료가 끝난 것은 아니다. 암이란 것이 완치 개념이 아니고 평생을 신경 써야 했다. 친구처럼 함께 가며 다스리는 존재라고 말한다.

요즘은 의술도 치료약도 좋아져서 암 완치율이 높은 편이다. 물론 피곤함이 온몸으로 전해지는 날이면 불쑥 죽음에 대한 두려움으로 불안한 것이 사실이다. 언제 터질지도 모르는 시한폭탄을 가슴에 안고 있는 기분이다. 그러나 언제까지 우울한 감정만 끌어안고 있을 수만은 없었다. 제대로 숨 쉬며 살고 싶었다.

신부님과 면담을 신청했다. 상황들을 조용히 듣고 계시던 신부님께서는 말씀하셨다.

"자매님 육적인 아버지의 사랑을 이제껏 받고 사신 것을 감사하십시오. 그리고 아버지는 더 이상 자매님을 보살필 수 없으니 더 큰 신앙의 힘 앞에 인도하고 싶지 않을까요? 자매님이 힘들어하는 것을 절대로 원치 않으실 겁니다. 이제 편안히 보내드리고 마음의 짐을 내려놓으세요."

그랬다. 어릴 적부터 늘 아버지의 말씀과 행동에는 신앙의 힘이 있었다. 과묵하고 표현 안 하시는 것 같아도 삶의 이치와 사랑의 나눔을 실천할 수 있게 가르쳐 주신 것도 아버지였다. 가장 보편적인 인간으로 살길 원하셨다. 간절한 기도로 조금씩 마음의 안정을 찾아가고 있었다.

벌써 입춘이다. 때마침 내린 단비에 온 대지의 생명들이 흠뻑 물을 머금고 생기를 찾아가고 있다. 교회의 절기상 지금은 사순 시기이기도 하다. 그리스도가 광야에서 40일간 금식하고 시험받은 것을 기념하기 위하여, 단식과 속죄하도록 하는 것이다. 이 기간에는 묵상과 기도로 자기 성찰의 시간을 통해 스스로 겸손하고 낮아짐으로써 죄의 보석을 해야 한다.

아버지가 떠나시면서 지난 2년 동안 엄청난 변화가 내게 찾아왔다. 갑자기 불어 닥친 고통은 무시무시한 쓰나미처럼 휩쓸고 지나갔다. 삶 전체를 송두리째 흔들어 놓았다. 그 흔들림 속에 다시금 나를 돌아보게 되었다. 결국은 언제일지 모르는 이별의 순간 때문에 지금 현재 주어진 소중한 것들을 망칠 수는 없다고 결론을 내렸다.

무조건 바쁘게 사는 것이 아니라 온전히 나를 들여다보며 매 순간 즐기며 삶자. 어떤 상처도 시간이 지나면 아물게 마련이다. 죄의 보석으로 죽음까지 불사하며 인류를 구원하신 예수님의 희생을 생각하는 삶이길 바란다.

특별히 사순 시기에는 더 많이 기도하며 겸손해지려 한다. 인간적인 욕심의 삶이 아닌 신앙인의 자세로 매 순간 감사한 마음으로 살자. 사랑을 실천하는 삶이 되길 노력해야겠다.

사순절의 기도

사랑하는 것은 죽는 것

이기는 것이 아니라 지는 것

당신을 위해서 매일 제 십자가를 지는 것

　　　(……)

살지도 죽지도 못하고 괴로워하는 나에게

죽는 것을 가르쳐 주십시오

– 저자 이해인 –

사랑을 실천하는 삶이 어렵다는 것을 잘 알고 있다. 늘 머리를 쳐 드는 나의 오만함이 인간관계 속에서 나를 힘들게 했었다. 지나치게 잘하고 싶은 마음, 잘 지내고 싶은 마음, 내가 아니면 안 된다는 마음, 그것들이 도리어 화가 되어 결국 내 심장을 찌를 때가 있었다. 고 단한 십자가를 지고 왔다는 내 연민에 빠져 살았었다. 결코, 그런 것 은 아니었는데 모든 것이 성숙하기 위한 과정이었음을 인정하고 다 시 시작해야 한다.

언제부터인가? 마음가짐이 이제껏 살아왔던 것과는 분명 달라졌 다. 조바심치지도 않고, 지나친 희생도 감수하지 않는다. 내가 아니 면 안 될 것 같은 오만한 생각도 접었다. 누구를 위해 억지로 살아가 는 삶이 아닌 내가 좋아하는 일, 하고 싶은 것을 하며 살고 싶어졌 다. 넘치는 휴지통에 버리지도 못하고 꾹꾹 눌러 담았던 쓰레기 같 은 감정들을 이제는 제대로 버리고 지난 삶들을 글로 표현하고 싶어 졌다. 글을 통해 내 안에 상처를 치유하고 누군가에게는 위로가 되 길 소망한다.

이제 긴 터널을 나온 기분이다. 햇살도 좋고 바람도 좋고 오늘처 럼 진눈깨비 내리는 잔뜩 흐린 날도 좋다. 인생을 걷다 보면 또 시련 의 어두운 터널이 올 수도 있다. 어둠이 짙을수록 밝아오는 아침이 더 찬란한 것처럼 살아만 있다면 못 할 것이 없다. 마음이 평온하다. 용암처럼 뜨거웠던 아버지에 대한 그리움도 이제 편안해졌다. 모든 상황은 나에게 유리하게 흘러가고 있다고 믿고 오늘도 최선을 다해 살아보려 한다.

아버지 그곳에서 지켜봐 주세요. 사랑합니다.

4장

힘들지 않은
삶은 없다

고통과 시련을
마주하는 법

———

입술 옆의 상처가 며칠째 성가시게 신경이 쓰였다. 피곤했던 탓인지 스멀스멀 간지럽더니만 물집이 잡히고 그 자리에 딱지가 앉았다. 딱지가 떨어지고 다 나은 것 같다가도 입을 좀 벌리거나 잠이 모자라면 어김없이 찢어져 피가 나고 쓰라리고 아프다.

이런 아픔쯤이야 시간 지나면 말끔해지겠지. 그러나 평생을 살면서 지울 수 없이 온몸을 흔드는 깊은 상처도 있다.

여름 한철 피서를 즐기려는 고객들로 대형할인 매장은 며칠째 북적였다. 함께 근무하면서도 시간 맞춰 밥 한번 먹는 것이 뭐가 그리 어려운지 그렇게 지쳐가던 7월, 벼르고 별러 점심 먹고 수다 떨며 스트레스나 풀자고 우리는 만났었다. 주말과 초, 중생들 여름 방학식이 있는 날이라 그런지 거리는 학생들로 북적였다. 즐겁게 식사를 마치고 자리를 옮겨 차 한 잔 더하자며 우리는 일어섰다. 그 순간 그녀의 휴대전화 벨이 요란하게 울렸다.

"언니 아이가 교통사고가 났나 봐 가봐야겠어."

왠지 모를 불길한 예감이 스쳤다.

"별일 없을 거야 얼른 가봐. 바로 연락해라."

한 시간이 지나도록 아무런 연락이 없었다. 안 되겠다 싶어 택시를 타고 병원 응급실로 갔다. 섬뜩하니 무겁게 처진 흰 커튼 사이로 응급실에 의료진들은 이리저리로 긴급히 대처하고 있었다. 나는 울렁거리며 심하게 뛰는 심장을 진정시키려 애써 마른침을 삼켰다. 그러는 동안 시시각각으로 아이의 상태는 나빠지고 있었다. 얼굴은 창백해지며 그렇게 생사의 갈림길에서 사경을 헤매고 있었다. 커튼 틈새로 그 상황들을 지켜보던 나는 숨소리조차도 낼 수가 없었다. 어딘가에서 들리는 울음소리에 움찔 놀라 간 곳은 보호자 대기실이었다. 나는 애써 눈물을 감추고 너라도 정신 바짝 차려야 한다며 대기실에서 오열하고 있는 그녀를 품에 안고 안심을 시켰다. 밖에서 우리는 설마 의식이 돌아오겠지. 반드시 그래야 한다며 실낱같은 희망을 버리지 않고 동동거리고 있었다. 그녀는 놀라움과 초조함에 바닥으로 꺼지는 몸을 주체하지 못하고 있었다. 간호사는 보호자를 급히 찾았다. 의사는 호흡기를 떼며 의학적인 한계에서 손을 쓸 수 없음과 냉정하게 마음의 준비를 통보했다.

" 살려 주세요. 제발 "

우리는 모두 가슴을 치며 울부짖었다. 이성을 잃고 처절하게 애원하는 그녀를 부축해 그래도 마지막 가는 길을 따뜻하게 안아주라며 아이 앞으로 안내했다. 창백해진 아이를 끌어안고 부모는 함께 후회하고 있었다. 그동안 못 해주고 앞으로도 영원히 해 줄 수 없는 그 많은 것들과 애달프도록 솟구치는 사랑의 말들을 피를 토하듯 애써 이어가고 있었다.

세상의 어떤 상처가 이보다 더 깊고 아플까? 생살을 째고 심장을 꺼낸다 한들 이보다 더 아프진 않으리라! 아무런 손도 쓸 수 없는 갑작스러운 아이의 죽음 앞에 부모는 바닥에 엎드려 목 놓아 울었다.

갑자기 그녀에게 닥친 청천벽력 같은 시련 앞에 해 줄 수 있는 것은 고작 함께 밤을 새우고 등을 쓸어 주며 온전히 슬퍼할 수 있도록 그녀의 곁을 지켜주는 것, 그것이 전부였다. 조문객들 하나같이 국화꽃을 헌화하며 채 피지도 못하고 사라져간 아홉 살짜리 어린 영혼이 편히 잠들도록 진심으로 기도했다.

좁은 봉안묘에 자식을 떼어놓고 오는 길에 그녀는 정말이지 서럽게 흐느꼈다. 손을 꼭 잡아주었다. 돌아오는 차창 밖에 하얀 찔레꽃이 마치 눈처럼 날리고 있었다.

한차례 가볍게 눈이 내리고 스산한 바람이 부는 어느 날이었다. 회사 조서 물품을 챙기며 총무과 직원들은 정신없이 움직였다. "무슨 일이야?" 한참 근무 중이던 우리는 사내 소식함에 올라온 글을 읽고 당황해하고 있었다. 밤새 안녕이라고 함께 근무하던 언니의 부군께서 급성심근경색으로 돌아가셨다. 우리는 모두 놀라운 소식에 어수선한 마음이 되어 좀처럼 일을 할 수가 없었다. 시간 되는 사람들 우선으로 조문을 가기로 했다. 어떠한 말로도 가족의 슬픔을 대신할 수는 없었다. 이어지는 조문 행렬로 웅성거리는 사람들, 생전의 기억들을 떠올리며 슬퍼하는 동료와 친구들, 생때같은 자식의 갑작스러운 변고를 그때까지도 구십 노모는 모르고 계셨다. 나중에라도 알면 또 얼마나 슬퍼할지 불 보듯 했다. 그녀는 갑작스러운 남편의 죽음 앞에 넋을 놓고 할 말을 잃은 채 앉아 있었다. 퀭한 그녀의 모습을 보며 나는 잠시 생각했었다. 잘 산다는 것은 과연 어떤 것일까?

좀처럼 내색하지 않는 성격인데 어깨가 아프다며 파스를 찾는 남편의 말도 무심히 흘려버렸었다. 지난여름 허리가 아파 열흘 병원에 입원하고 있을 때도 스스로 건강관리 못 했다며 타박만 했었다. 이제 성인이 되어버린 두 아들 녀석의 게으름에 불쑥 치밀어 화를 내고 각자가 냉기 있는 며칠을 보냈었다. 새롭게 뭔가를 해야 할 것 같은 막연한 조바심이 슬그머니 다시 올라오고 있었다. 윤택한 삶도 행복의 느낌도 그것들은 어찌 보면 모두가 내가 정해놓은 기준이었다. 남편을 잃은 그녀의 갑작스러운 슬픔 앞에서 나의 일상들을 돌아보고 있었다. 이 사소한 것조차도 살아있을 때 누릴 수 있는 행복임을 다시금 깨달았다. 집으로 돌아오는 발길이 한없이 무거웠다.

텔레비전을 켜놓은 채 잔뜩 웅크리고 자는 남편의 어깨에 파스를 붙이고 편히 자라며 이불을 덮어주었다. 그리고 남편 등 뒤에 말없이 누웠다. 온종일 쓸쓸하게 피어오르던 향 연기처럼 고단했던 나의 몸과 마음은 따뜻한 이불 속으로 사라지고 있었다.

어여쁜 그 아이가 떠난 지도 몇 해가 흘렀다. 가끔 전해오는 소식에서 그녀는 잘 견디고 있었다. 씩씩하게 살아줘서 얼마나 고맙고 다행인지 모른다. 금쪽같은 아이를 먼저 보낸 자책으로 지금도 부부는 많이 아파하고 있다. 어찌 그렇지 않겠나. 앞으로 살면서 앙금처럼 가라앉았던 상처들은 그녀의 몸과 영혼을 몇 번이나 더 뿌옇게 뒤흔들어 놓을지는 아무도 모른다. 시간이 지나면서 상처에 새 살이 돋고 고통의 딱지가 떨어지겠지, 어쩌면 그 자국마저도 무심한 세월 속에 지워져 가겠지. 잠시 떨어져 못 보는 것과 생사를 통해 오는 이별은 차원이 다르다. 그녀의 상처가 잘 아물길 진심으로 바란다.

삶에 기쁜 날만 있는 것이 아니라 고통과 시련이 어쩔 수 없이 함께 온다. 그래도 우리는 각자 실낱같은 희망을 버리지 않고 다시금 용기 내서 살아간다. 내일이면 또 새날이 밝아온다. 나는 확신한다. 이제는 자식과 함께할 수 없는 엄마인 그녀도, 남편 없이 홀로 저녁을 먹고 있을 아내도, 꿈을 찾아 고민하는 나도, 한 여인으로 치열하게 현실에 부딪히며 잘 살아갈 것이라고.

세상에
공짜는 없다

———

저녁 근무를 한다고 나선 아들에게서 전화가 왔다.

순간 가슴이 철렁거리며 "왜? 무슨 일이니?" 하며 다급하게 묻는 엄마 걱정과는 달리 "엄마 나 착한 일 했어요."라는 기분 좋은 목소리로 답했다. 아파트 지리에 익숙하지 않은 할머니께서 무거운 짐을 들고 헤매고 계셨다. 엘리베이터 앞까지 짐을 들어다드리고 집 앞까지 따라가 배웅해드렸다고 했다. 다 큰 어른이라 생각했는데 아직도 엄마에게 칭찬받고 싶은 애들처럼 내심 자랑이 늘어졌다. 부쩍 자란 키만큼이나 따뜻한 마음도 함께 커진 것 같아 감사하다.

휴무라서 늦잠 좀 잘까 싶었는데 덩달아 기분 좋아진 나는 문득 상자 하나를 꺼내보았다. 예쁘게 장식을 해서 나란히 이름만 다르게 붙여둔 아이들에 대한 마음에 상자다. 글을 배우기 시작해서 맨 처음 삐뚤삐뚤 받침 틀려가며 썼던 감동의 편지, 눈물을 왈칵 쏟게 했던 어버이날이라며 직접 만든 카네이션과 함께 주었던 빨간 손수건, 엄마 닮을 캐릭터라며 그림 그려서 써준 응원의 메시지까지 아이들이 자라온 행복한 흔적들이 고스란히 담겨 있었다. 태동을 느끼면서 썼던 첫 아이에 대한 끊임없는 사랑과 당부의 말이 적힌 노트도 오랜만에 펼쳐보니 참 새롭고 가슴이 뭉클했다. 언제부터라고 할 것도 없이 한두 개 담아서 이다음에 적당한 때에 아이들에게 주리라 마음먹고 모아둔 소중한 추억들이었다. 그 흔적들을 쫓아가 본다.

큰아이가 초등학교 입학하고 얼마 지나지 않은 어느 날, 학교 끝나고 올 시간이 훨씬 지났는데도 아이가 오지 않아 초조한 마음으로 문밖엘 주시하고 있는데 멀리서 친구 가방을 들고 땀을 뻘뻘 흘리며 아들이 오고 있었다. 가만히 지켜보니 옆에 오는 친구는 선천성 소아마비인 듯 다리를 많이 절고 있었다. 또래 아이들보다 왜소하고 키도 한 뼘은 작아 보였다.

친구에게 가방을 돌려주며 걸어오는 아이의 모습이 대견해 보였다. "엄마 걱정했는데 왜 이렇게 늦었어?" 간식을 챙겨주며 묻자 오늘 체육 시간에 달리기했는데 친구가 걱정되어 집에 혼자서 올 수 없었더란다. 한참 기다렸다가 함께 오느라 늦었다고 했다. 그 이후에도 종종 친구 가방을 들어주고 함께 집에 오며 행복해하는 아들 모습을 보았다. 아이는 초등학교 6년 내내 학교에서 진행하는 체험학습에 장애우와 함께하는 프로그램을 도맡아 참여했다.

그때부터였던 것 같다. 장애우에 대한 편견 없이 지금껏 사이좋게 잘 지내고 있다. 어릴 적부터 가까이서 할머니 할아버지 사랑을 듬뿍 받고 자란 탓인지 녀석은 유난히 어른들을 잘 따르고 좋아했다. 짐을 들고 가시는 노인들을 보면 절대로 그냥 지나치는 법이 없었다.

힘들지 않은 삶은 없다

그러나 기억을 짚어보니 늘 예쁜 짓만 한 것은 아니었다. 첫아이에 대한 기대는 어느 부모나 다 매한가지일 것이다. 아이는 고등학교 진학 문제로 나를 힘들게 했었다. 공부하는 분위기가 중요하니 인문계 고등학교 가서 열심히 공부해 원하는 대학에 가라고 말했었다. 그런데 무슨 생각에서인지 아이는 상업계 고등학교에 가겠다고 말도 안 되는 고집을 부렸었다. 도저히 용납할 수 없다며 설득하고 달래도 보고 "앞으로 너의 일엔 아무것도 관여하지 않겠다."라며 모진 소리로 아이에게 퍼붓기도 했었다.

야속하고 미운 마음에 함께 앉아서 밥도 먹을 수가 없었다. 그렇게 일주일에 팽팽한 갈등은 온 가족을 우울하고 힘들게 했었다. 원서 쓰기 이틀 전 아이는 조용히 방으로 들어와 내 앞에 앉았다.

"엄마 그냥 제가 하고 싶은 대로 하면 안 돼요? 자격증도 따고 열심히 공부해서 대학도 갈게요."

진지하게 말하는 아이를 보는 순간 돌아앉아 소리 없이 울었다. 아이도 엄마 기대에 못 미쳐서 미안하다며 눈물을 흘렸다.

속상해서 잠 한숨 못 자고 뒤척였다. 결국, 아이는 본인이 원하는 학교에 진학했다. 성적에 연연하기보다는 다른 것들을 더 열심히 하고 낙천적이어서 곁에는 늘 친구들이 많았다. 간혹 일찍 끝나는 토요일이면 우르르 친구들을 데리고 와 공부도 잘하고 착한 녀석들이라며 엄마를 안심시켰다. 그동안 엄마라서 어쩔 수 없이 부렸던 오기가 미안했고 편견 없이 세상을 살아가야 한다던 가르침도 잠시 부끄럽게 느껴졌다.

사내아이 둘을 키우면서 참 많은 일이 있었다. 그나마 큰아이는 세 돌까지 함께 있어 줘서 괜찮다고 위안으로 삼았지만 둘째는 어릴 적부터 예민했다. 억지로 떼놔서 저 모양인가 싶게 빚진 마음이 들 때가 많았다. 오죽하면 중2병이란 말이 있을까? 아이는 공격적이었고 늘 화가 나 있었다. 엄마에게 대놓고 반항했다. 청개구리도 그런 청개구리는 없었다. 속 끓인 생각을 하면 지금도 숨 고르기와 함께 가슴을 쓸어내린다. 애정이 부족해서 그런 것이라고 더 많이 안아주었다. 싫다고 버텨도 주말이면 함께 등산을 시도했다. 산을 오르며 아이 마음속에 있는 화를 엄마한테 풀게 했다. 옥신각신 서로 싸우다 보면 속마음을 알게 되고 결국은 화해하며 내려왔다. 특별히 할 말이 없어도 듣든 말든 "아들 사랑해"를 틈만 나면 외쳤다. 그래서였을까? 차츰 아이 마음속에 꽉 차 있던 화가 사라지고 표정이 밝아지고 있었다. 아이는 마음이 아팠던 것 같았다. 어린 마음에 세상에서 유일하게 제 편일 것 같은 엄마에게 관심 받고 싶었던 거였다. 사춘기 갈등으로 서로 힘들었던 우리는 그렇게 한고비 넘기고 있었다.

뜬금없이 "엄마 사랑해"라며 눈앞에서 알짱거리는 걸 보니 순간에 움찔했다. 엄마도 예전에 아들처럼 관심 받고 싶어서 퉁퉁거리지는 않았나 싶게 잠깐 반성했다. 가끔 하루가 다르게 변하는 세상에서 속없이 너무 착하기만 한 것은 아닌가 걱정도 된다. 아이들은 갈등이 있을 때 착한 부모를 원망할지도 모르겠다. 어떻게 하는 것이 정말 아이들을 위하는 것인지 나조차도 조급해질 때가 있다. 그러나 늘 한결같은 바람이 있다. 손해 안 보려고 머리로 계산해서 세상을 얄팍하게 사는 것보다는 선한 마음으로 부족하고 소외된 친구들을 돌아보는 가슴이 따뜻한 어른으로 성장해가는 것이다. 그 마음들이 결국은 행복하게 살아가는 밑거름이며, 나머지 몫은 스스로 경험해 가는 삶의 지혜라고 자신 있게 말해주고 싶다. 세상에 공짜는 없다. 하나를 얻으려면 하나를 포기해야 할 때가 있다. 우리 부부는 욕심 부리고 움켜쥐는 성품이 못 돼서 손해 보고 사는 것처럼 보일 때도 있다. 그러나 결코 손해가 아님을 나이 들면서 알게 되었다. 아이들도 때가 되면 알 것이다. 때로는 손해 보는 것이 마음 편할 수도 있다는 것을.

"콩 심은 데 콩이 난다."

우리 부부가 콩이니 아이들 역시 콩으로 자랄 수밖에 어디 가겠나, 그 역시 감사할 따름이다.

외출할 때 마스크를 챙기지 않으면 불안할 정도로 미세먼지가 많아졌다. 충주가 물 좋고, 공기 하나만큼은 자부했는데 언제부턴지 전국에서 가장 심각한 수준의 대기오염으로 몸살을 앓고 있다. 바다는 없어도 속리산과 월악산 자락에 송계계곡과 쌍곡계곡은 여름 한철 휴양지로 손꼽힐 만하다. 물론 알아서 검토해 보고 행정처리 했겠지만, 필요 이상으로 아파트와 건물들을 짓는다고 호암지 야산과 충주댐 근처 호수공원을 없앴으니 일말의 영향이 있지 않았을까 하는 생각이 들었다. 딱히 봄이 되어도 가볍게 콧바람 쐬러 갈 공간이 없어 아쉽다. 불과 5년 전만 해도 이 정도로 심각하지는 않았었다.

물론 논밭이었던 그곳에 새로운 건물이 들어서고 젊은 문화가 생겨 밤이면 네온사인 사이의 유희로 편해진 것도 있다. 그러나 외부인 구가 유입돼서 새로 지은 아파트도 사고 돈도 써야 들썩거리고 활기가 넘칠 텐데 같은 시내권에서 이쪽 동에 살다가 저쪽 동으로 집만 바꿔서 이사를 계획하다 보니 여윳돈을 풀어가는 상황이 아니라면 모두 돈 쓰기가 엄두가 안 날 것이다. 그러니 돌아가는 상황이 뿌연 먼지만큼 시내 전체가 정체된 기분이다.

하루빨리 활짝 갠 맑은 하늘처럼 경기가 좋아졌으면 하고 바라본다. 먼지 때문인지 카페에 손님이 없나 싶어 괜스레 심사가 틀려 투정 부린 꼴이 돼버렸다. 휴대전화기로 미세먼지 지수를 확인하고는 퇴근하려는 엄마에게 마스크를 씌워준다. 안아주는 아들의 손길이 따뜻하다.

힘들지 않은 삶은 없다

20년 삶의 길에서
단단해지다

학창시절 장래희망을 조사하는 시간이 있었다. 즉흥적인 대답일 수도 있고, 본인의 재능보다는 부모가 입버릇처럼 말했던 것이 마치 자기의 장래희망처럼 말했는지도 모르겠다. 일대일 면담을 통해서 적성에 맞게 정하는 것도 아니고 정해진 직업을 담임선생님께서 불러주시면 손 번쩍 들어 인원수 체크하면 그것이 생활 기록부에 올라갔었다.

인문계 고등학교를 졸업하고 국어 선생님이 되는 것이 나의 장래희망이자 꿈이었다. 꿈은 이루어지지 않았고 늘 배움에 대한 갈증으로 가슴앓이를 했었다. 결혼하기 전까지도 부모님은 미련을 못 버리시고 늦지 않았으니 공부를 해보라고 했었다. 그러나 대학 진학을 하지 않은 그때의 선택도 내 몫이니 원망은 하지 않는다. 사랑하는 사람을 만나 결혼을 하고 아이를 낳고 엄마로서 살아온 지난 이십육 년의 시간 속에 나의 직업은 어떤 것들이 있었을까? 그 치열했던 현실 속에서 나는 꿈만 꾸는 여고생이 아닌 어른으로 단단해지고 있었다.

막무가내로 쫓아가서 시작했던 출판사 영업은 조용하고 소심했던 나의 모습을 적극적이고 카리스마 넘치는 모습으로 바꿔 놓았다. 처음부터 적극적이었던 것은 아니었다. 온종일 돌아다녀도 한집도 상담을 못 한 적도 많았다. 금방 아이를 재웠는데 초인종 눌러서 깼다며 불같이 화를 냈던 사람들도 있었다. 교재를 배부해서 상자까지 뜯어 진열까지 했는데도 반품한다고 막무가내였던 고객들도 있었다. 엄마는 교재를 사주고 싶은데 아빠가 반대가 심해서 54권의 창작동화를 일주일에 5권씩 배달한 적도 있었다.

그중에서도 특별히 기억에 남는 일은 시골 마을에 소개를 받고 상담을 하러 갔을 때다. 아빠는 농사를 짓고 엄마는 식당 설거지를 하며 노모를 모시고 살고 있었다. 여섯 살, 네 살 아이들은 방에서 자기들끼리 놀고 있었고 할머니는 거동이 불편해 보였다. 부모님이 올 때까지 아이들과 가져갔던 샘플로 원목 놀이도 하고 동화책도 읽어주며 놀고 있었다. 한참을 기다려도 오시지 않아 교재를 챙겨 나오려는데 여섯 살짜리 꼬마가 뛰어나오며 "선생님 내일도 오시면 안 돼요?" 까만 눈동자가 너무나 예쁘고 사랑스러웠다. 도저히 내가 봐도 책을 사주라고 말할 수 있는 형편이 아니었다. 집으로 돌아와서도 그 눈빛을 잊을 수가 없었다. 그것이 인연이 되어 석 달을 일주일에 한 번씩 아이들의 선생님이 되어 주었다.

하루는 엄마를 붙들고 이야기했다. 설거지 말고 나랑 같이 영업을 해보자며 아이들 책도 사주고 돈도 벌 수 있다고 설득했다. 결국, 아기 엄마는 영업에 첫발을 내디뎠고 시키는 대로 요령 피우지 않고 성실히 일했다. 첫 월급 타는 날 스카프를 감사의 선물로 주셨다. 우리는 서로 든든한 파트너가 되었다. 이렇게 보람된 일도 있지만 황당한 일도 있었다.

새로 개원하는 유치원에 단계별로 풀 세트로 놀이 교구와 동화책을 판매한 적이 있었다. 월초에 실적이니 사무실에서는 난리가 났고 모두가 응원해주었다. 노력한 만큼 보상도 받는구나 내심 뿌듯했다. 문제는 결제였다. 금액으로 오백만 원이 넘는 상품을 일부만 결제하고 차일피일 미루고 있었다. 이미 반별로 교재가 들어가 수업은 진행되고 있었다. 월말 정도 되니 회사에서는 걱정했고 고객을 찾아가서 전후 사정을 이야기했다. 결국, 여섯 번에 나눠서 결제해 주셨고 그럴 때마다 빚 받으러 가는 심정으로 마음이 착잡했었다. 일일이 열거할 수 없는 많은 에피소드가 있었다.

열정과 노력을 다 쏟았던 회사는 대교와 인수 합병 과정에서 여러 가지 불합리한 조건으로 나를 실망하게 했다. 배신감도 들고 허탈한 기분이었다. 그러나 결국 선택은 내 몫이었다. 열정을 부렸던 만큼 마음 아프고 아쉬웠지만 새로운 시작을 위해 과감히 결단을 내리고 퇴사를 했다.

L 회사의 네트워크 마케팅 일명 다단계영업은 또 한 번 나의 능력을 시험했다. 단순히 판매만 잘해서 되는 일도 아니었다. 제품전달은 기본, 후원사업, 조직관리, 그리고 자기관리까지 만능이 되어야 했다. 홈 파티를 통한 제품전달과 후원, 자기관리 세 가지는 자신 있었는데 조직관리가 문제였다. 전국적인 사업이다 보니 어디서 포인트가 나

타날지, 또 원하는 시간에 면담을 제때 해줄 수 있는 기동력이 없었다. 하루 이틀도 아니고 지쳐가고 있었다. 무엇보다 파트너들은 교수, 회사 대표, 연예인 등등 내가 스폰서로서 비전을 제시하기엔 나이로 보나 위치로 보나 무리수가 있었다. 일은 이미 진행되고 있었고 그렇다고 포기할 수는 없었다. 본사 최고 스폰서에게 면담을 요청했다. 회사영업적인 교육 말고 외부 강사를 초빙해서 성공비전 교육을 해야만 앞으로 이 사업을 좀 더 탄탄하게 끌어갈 수 있을 것이라 제안을 했다. 기꺼이 수락해 주었고 스무 명이 자발적으로 교육에 참여했다.

2001년 석세스 아카데미 7주 과정 동안 그 어느 때보다 절실하게 임했었다. 스무 명이 시작한 과정에 열두 명이 졸업했고 배우는 과정에서 파트너들은 어린 스폰서를 더 무시할 수 없었다.

결국, 2002년 사업 시작한 지 2년 만에 폭발적인 결과물을 만들어냈다. 상상 밖의 결과물에 전국에 모든 사업자의 부러움의 대상이 되었다.

호사다마라 했던가. 이렇게 성공을 손에 거머쥐었다 생각했던 그 찰나에 아이의 교통사고는 브레이크 없이 전속력으로 질주하는 오토바이 같았던 내 발목을 잡았다. 성공에 시작과 끝은 오로지 아이들과 남편이 함께하는 가족이었다. 치료를 받으러 다니는 기간 동안 사업에 집중할 수가 없었다. 사업에 위기가 왔고 결정을 내려야 했다. 일보다는 아이의 건강을 챙기는 것이 우선이었기 때문에 소비자로 남는 쪽으로 선택했다. 당연히 포인트였던 파트너들은 하나, 둘 떠나갔

　　　　　　　　힘들지 않은 삶은 없다

고 자연스럽게 소비자 군단만 남겨졌다. 사업을 접고 보니 어찌 된 일인지 내 손에 천만 원에 빚이 쥐어져 있었다. 비싼 수업료 내고 인생 공부했다 생각했었지만 알 수 없는 분노와 서러움이 가슴을 후벼 팠다. 내가 저지른 일이니 스스로 해결하겠다고 독기 품고 말하는 내게 남편은 위로해주었다.

"넌 잘 못 한 것 없으니 미안해하지 말라며 먹고 살려고 열심히 했는데 누가 너를 탓하겠니? 잘 될 거니까 마음이나 추슬러."

고마웠다. 남편에 그 말 한마디로 억울하고 서러웠던 마음이 눈 녹듯 사라지는 느낌이었다. 우리는 그렇게 신용카드 한 장 없이 오 년의 시간을 보냈다.

대형할인 매장에 입사하게 되었다. 사람들 속에서 성장도 했지만, 상처도 받은 터라 처음에 마트 생활은 단순 업무에 주어진 일만 하는 것이 좋았다. 친절하게 응대하고 정확하게 계산만 잘하면 되었다. 특별히 내가 나서서 책임질 일도 없었고 비슷한 나이에 친구들이 좋았고 보통의 가치관을 따르고 있는 사람들이 좋았다.

계산대에서 벌어지는 작은 갈등들은 그냥 대수롭지 않게 넘길 만큼 이미 내공이 쌓였었다. 아무 생각 없이 바쁘고 정신없게 하루가 가고 한 달이 가고 일 년이 지났다. 그렇게 만 13년이란 긴 시간을 그곳에 머물게 했다. 머무르는 동안에 좋은 인연들을 많이도 만났다. 서로 진심으로 걱정해주고, 언제 만나도 반갑고, 잘되기를 진심으로 바라는 평생의 친구들을 얻었다. 그 좋은 사람들 속에서 돈보다 더 가치 있는 것들을 이루어 가고 있다.

　20년의 파란만장 했던 삶 속에서 나는 단단해졌다. 더욱더 현명해지고, 겸손해졌으며, 무엇보다 내게 주어진 오늘 하루에 감사하며 살고 있다. 서둘러 가든 천천히 가든 인생의 종착지인 한곳에서 결국 우리는 모두 만나게 된다. 그동안 정말 수고 많았다고 어깨 다독여 주며 안아주고 싶다.

　'순희야 그동안 참 수고했다.'

배우고
성장하다

오랜만에 햇빛이 반짝 들었다. 미세먼지도 없이 화창한 하늘은 맑게 언 각 얼음처럼 산뜻하다. 겨우내 덮어 놓았던 테라스에 천막을 걷어치우고 아침부터 부지런히 움직이며 청소를 시작했다. 날씨가 좀 더 따뜻해지면 밖에 테이블에서도 커피를 마실 수 있게 미리부터 단장해야 했다. 한쪽 화단에는 가을에 사다 놓았던 일회용 소형 화분들이 거꾸로 처박혀 있었다. 흙을 빼고 마른 가지를 털어 쓰레기 봉투에 따로 담아 버리고 돌아서며 생각했다. 적당한 때에 가장 빛나게 살고 싶다.

미래를 생각하면 참으로 암담했었다. 산다는 것 자체가 너무 힘든 적도 있었다. 누가 앞에서 방법을 일러 준다면 수월할 텐데 의지하고 싶었다. 천만 원에 빚을 안고 시작했던 마트 생활은 누가 뭐라 해서가 아니라 스스로 작아지게 했다. 얼굴에 웃음기는 사라졌다. 절망적이었다. 오로지 한 가지 생각, 얼른 빚 청산해야지 아무 생각 없이 또 하루를 살아내야지 그러다가도 불쑥 올라오는 치사한 자기 연민에 감정들은 누구도 아닌 나 자신을 병들게 하고 있었다.

몸이 힘든 것은 얼마든지 참을 수 있었다. 그러나 똥물같이 올라오는 역겹고 억울한 마음은 다스려지지가 않았다. 그럴 때면 유일하게 할 수 있는 일은 밤을 새워 미친 듯이 책 읽기에 몰두하는 것이다. 닥치는 대로 책을 읽었다. 그렇게 영혼의 허기를 채우기 위해 노력했다.

어느 날부터인가 주의에 사람들을 바라볼 여유를 다시금 갖게 되었다. 천주교 신자였지만 불교 서적을 즐겨 읽었다. 특히 법정 스님의 말씀들은 알 수 없는 막연한 두려움 앞에 나를 위로하기 충분했다. 내 손에는 늘 그분의 책이 들려 있었고 차츰 지나온 시간 속에 나의 일상들을 되새김질하며 자기연민도, 누구에 대한 원망도, 세상을 향한 분노도 사라지고 있었다. 법정 스님께서 입적하시던 날, 더 이상 그분의 책을 읽을 수 없다는 서운함에 온종일 심란했다. 삶의 방향을 잃고 헤맬 때 유일하게 펼쳐 볼 수 있었던 해답지를 잃어버린 듯한 기분이랄까? 아무튼, 그럴수록 더 가까이 자주 그분의 책을 읽으려고 노력했다. 정신없이 바쁜 생활들이 모든 문제를 해결해 주고 있었다. 암 선고를 받고도 상황은 비슷했다. 말로 표현하기도 힘든 고통의 시간을 받아들이고 누구를 위해서가 아니라 그냥 삶이 내게 주어졌으니 포기할 수 없었고 오뚝이처럼 다시 견디고 긴 터널에서 나왔다.

결국, 우리를 가장 힘들게 하는 것들은 돈, 건강, 때로는 인간관계 속의 겪는 갈등 이러한 요인들이다. 다다른 것 같으면 저만치 도망가 있는 그 성공이란 녀석은, 있는 힘껏 잡아당겼다가 탁하고 튕겨져 나가는 용수철과도 같았다. 그러나 성공에 맛을 본 사람들은 안다. 그 짜릿하게 전해지는 희열의 쾌감을 잊을 수가 없다. 그렇기에 좌절의 순간이 와도 다시금 마음을 두세 번 딛고 일어서서 앞으로 나아가고 있는지도 모른다.

아기가 첫발을 내디디고 걸음마를 배울 때를 생각해보자. 넘어져도 일어서고 자빠져도 일어서고 포기할 줄 모르고 계속 일어나 발작을 떼려 한다. 옆에서 힘껏 손뼉 치는 엄마만 보일 뿐 아기들은 실패에 대한 두려움을 모른다. 너무 많은 생각이 배우고 성장할 기회를 막지는 않았나 생각해본다.

하늘이 무너지고 땅이 꺼지는 천재지변이 있지 않은 한 우리 삶은 평범한 일상이다. 상황은 별반 바뀐 것이 없는데 어떤 날은 아무렇지도 않게 문제를 바라보다가 또 어떤 날은 끝도 없는 늪으로 빠져든다. 문제를 해결하는 키는 모두가 내 안에 있었다. 그럴수록 분명하게 잡고 있었던 한 가지, 끝끝내 용납할 수도 포기할 수도 없었던 것은 행복한 삶이었다. 사랑하는 가족들과 행복하게 살고 싶었다. 그 희망이 나를 다시 일으켜 세우고 세상 밖으로 나오게 했다. 이제껏 살아왔는데 여기서 포기한다면 그동안 공들여 살아온 우리 삶이 아깝지 않겠는가? 위기가 올 때마다, 포기하는 것이 아니라 또 다른 성장의 기회로 삼았다. 몸과 마음이 지치고 힘들 때는 한 발짝 물러서서 쉬면서 생각했다. 내 맘 같지 않은 상대 때문에 슬그머니 서운해지면 더 많이 사랑하는 내가 이해하면 되지라고 혼자 중얼거리며 주문을 외웠다. 내 속에 부정의 씨앗을 걸러 주는 드림 캡처의 힘을 믿었다. 어제보다 상황이 나빠지지 않았다면 그것이 행복한 삶이라 위안으로 삼았다. 억지로 끼워 맞추는 삶이 아니라 적당한 때에 가장 적절하고 알맞게 빛나는 나로 살고 싶다.

힘들지 않은 삶은 없다

내가
만들어가는 삶

———

매주 휴일이면 전국에 산을 다니며 자연이 주는 편안함으로 마음을 다스리고 있었다. 몇 년 전에 일이다. 한파주의보로 모든 것이 꽁꽁 얼어붙어 다들 잔뜩 웅크린 날! 겨울 산행 어떨까? 좋지! 잠깐의 망설임도 없이 우리는 날을 정했다. 공교롭게도 마음먹고 나선 길이 그해 겨울 들어 가장 추웠었다. 그녀는 평탄치 않은 유년기를 보냈음에도 따뜻하고 사려 깊은 친구였다. 모든 일이 그렇지만 마음 맞는 사람끼리 무엇인가 함께한다는 것은 행복한 일이다. 산보다는 바다를 더 좋아했던 친구, 몇 번의 권유로 함께한 산행이 둘을 더 가깝게 해주었다. 어느 결엔가 산을 정말 사랑하게 되었다고 말했다.

소백산에 도착해 출발하는 초반부터 싸한 공기가 코끝에 전해지며 첫물 녹인 냄새가 올라왔다. 날씨 탓인지 등산객이 없어 오히려 한적한 것이 좋았다. 중턱쯤 오르니 한여름, 골짜기를 타고 흐르던 시원한 물줄기는 두껍게 얼어 있었다. 앙상하게 뼈만 부러져 바닥에 걸쳐진 가지들, 초록으로 뽐내던 나뭇잎들은 생기를 잃은 채 겹겹이 쌓여 있었다. 서로 바람결에 이야기라도 하듯 조화를 이룬 모습이 애틋했다.

몇 날을 내렸는지 소복이 쌓인 눈엔 짐승의 발자국 하나 없이 바람에 낙엽만 뒹굴고 있었다. 아마도 다들 꼭꼭 숨어 겨울잠을 자는가 보다. 머리가 맑아졌다. 바쁘게 지냈던 어수선한 일상의 푸념들은 뽀드득뽀드득 경쾌한 발소리와 함께 눈 속에 묻히고 있었다. 가끔 앞서간 이의 인적이 느껴졌다. 땅속의 생명은 미동도 없이 죽은 듯 있지만 봄이 되면 새 생명을 틔우겠지. 마치 아가의 잇몸을 뚫고 맨 처음 나온 유치처럼 그렇게 봄은 우리에게 무한한 기쁨으로 올 것이다.

가쁜 숨을 몰아쉬며 수척해진 그녀가 신경 쓰여 한마디 건넸다. 동생 때문에 마음 쓸 일이 있는지 별일 아니라고 얼버무렸다. 그녀는 아버지의 가출로 한참 예민했던 사춘기 때부터 동생 셋의 실질적인 가장 노릇을 하며 고생이 많았었다. 조용히 말하는 평상시 모습으로 보아 무슨 일이 있다 해도 내색하는 성격은 아니었다. 우리는 주말마다 산에 오르며 근심 보따리 하나씩 풀어놓고는 자연과 더불어 홀가분해 져서 산에서 내려왔었다. 그랬던 평소와는 다르게 분위기가 심상치 않아 신경이 쓰였다.

한참 오르다 보니 산신령같이 소백산을 지켜주듯 웃고 있는 돼지 형상의 바위가 우리의 시선을 잡았다. 삶의 소소한 즐거움을 함께 나누고 건강하게 살아가는 것, 소원이래야 별수 없이 이렇게 평범한 것이리라! 아무 일 없는 듯 웃고 있는 그녀의 고단한 삶이 편안해지길 잠깐이지만 기도했다.

힘들지 않은 삶은 없다

가볍게 허기를 달래고 능선을 따라 한참을 오르다 보니 넓게 펼쳐진 흰색 융단과 고목의 자태가 어우러져 장관이었다. 세월의 흔적들을 고스란히 담고 고목은 우뚝 서서 오가는 이의 모든 넋두리를 받아주고 있었다. 요란한 바람 소리가 산의 웅장함을 더하고 있었다. 저만치 보이는 비로봉 정상으로 오르는 계단이 눈보라 속에 천국을 향해 오르는 느낌이라 해도 과언이 아닐 만큼 벅찼다.

신발 끈을 단단히 고쳐 매고 꼭 붙어 정상을 향해 올라갔다. 콧물을 훌쩍거리며 차가운 입김에 눈썹에도 하얗게 서리가 내렸다. 닦아준다는 핑계로 성에가 끼어 앞이 보이지 않는 그녀의 안경에 그림을 그리며 장난을 쳤다. 한 치 앞도 가늠할 수 없게 몰아치는 칼바람에 허벅지를 만져도 감각이 없었다.

앞으로 또 밀려가고 있었다. 한 발 두 발 오르다 보니 드디어 비로봉 정상에 도착했다. 언제 웅크리고 있었나 싶게 기뻐하며 양팔을 벌려 높이 소리를 쳤다.

우리는 눈보라 속에 말없이 서 있었다. 언제 또 이렇게 근사한 모습을 볼 수 있을까? 정상에서 내려다본 능선들, 형언할 수 없는 기쁨이 밀려왔다. 천지간에 온기가 퍼지듯 아늑했지만, 눈보라 때문에 더는 지체할 수 없었다. 산속의 겨울 날씨는 정말이지 시시각각으로 변덕을 부렸기에 우리는 서둘러 내려왔다. 휴게소에 잠시 들러 따뜻한 국물과 김밥에 탁주 한 사발을 마시며 주인장도 객도 모두 친구가 되어 이야기꽃을 피우고 있었다. 난로에서 뿜어져 나오는 열기와 허기진 탓에 급하게 들이켠 동동주 한잔에 온몸이 노곤해졌다. 문득 창밖을 보았다. 스산한 바람과 하늘이 잔뜩 흐려져 있었다.

생각만으로도 따뜻하고 힘이 되었던 친구, 함께 있는 자체만으로도 기쁨이 되었던 친구, 처음부터 비슷한 구석이 많았을까? 우리는 조금씩 닮아 가고 있었다. 양보하고 서로를 배려하는 마음은 사랑이었다.

인간사 어떤 사이든 관심이 지나치면 관계를 그르친다. 말없이 지켜봐 주는 것, 가끔 냉정하게 잘라 말하는 습관 때문에 친구는 내게 서운하다고 했었다. 소홀하게 느껴질 수 있지만, 그것은 각자의 빛깔을 존중해주기 위함이라 나 혼자 생각했다. 군이 변명하자면 헤어짐에 익숙하지 않은 소심함 때문에 걱정되어 정한 삶의 원칙이었다. 각자 열심히 살다가 내년 겨울에 또 한 번 오자 했다. 날이 저물기 전에 서둘러 내려가려니 갑자기 마음이 바빠졌다. 어느덧 먼 산에 해가 저물고 흥얼거리는 콧노래에 우리는 하루의 고단함을 잊고 있었다.

몇 번의 겨울이 지나갔다. 우리의 바람은 이루어지지 않았다. 산행 후 그녀는 스스로 고단한 삶의 마침표를 찍었다. 기약 없는 이별은 슬픔이 되어 오래도록 가슴에 비로 내렸다. 겨울이면 눈길을 저벅저벅 혼자서 걸으며 수도 없이 생각했다. 왜? 추억이 말없이 따라오니 그나마 견딜 만했다. 울컥 비집고 올라오는 그리움, 그 산행을 마지막으로 나는 더 산에 오르지 않는다.

오랜만에 산에 올랐던 사진들을 꺼내보았다. 매 순간이 이별이고

힘들지 않은 삶은 없다

고통이면 우린 아마도 살 수 없을 것이다. 그 고통의 시간 뒤에 찬란하고 기뻤던 순간들도 분명 있었기에 오늘도 아무 일 없었다는 듯이 살아가고 있다. 습관적으로 누군가를 만나면 상대의 기분을 살피게 된다. 혹여 하고 내게 꼭 하고 싶은 말이 있지는 않은지······. 한 번 더 살피고 물어본다. 지나친 참견일 수 있겠지만 아프면 말을 해야 한다고 당부한다. 지금도 여전히 헤어짐에 익숙하지 않다. 두렵고, 아프다.

'회자정리 거자필반'이라 했다. 떠나갈 인연도 다시 돌아올 인연도 사랑해야 한다. 그리움에 심장이 요동쳐도 아파하지 말고 살아야 한다.

그래도
계속 가라

모든 항암치료 후, 6개월 만에 정기검진차 신촌 세브란스 병원을
찾았다. 치료가 절실할 때는 의사 선생님이 시키는 대로 했었다. 6년
도 아니고 6개월 만에 완치된 환자처럼 긴장의 끈을 놓아 버렸다. 채
혈하고 엑스레이 찍고 외래진료를 봐야 하는데 까맣게 잊고 진찰실
앞으로 바로 갈 요량에 예약 시간에 맞춰 출발했다. 항암치료제에 따
라 부작용이 약간씩 차이가 있긴 한데 현재 먹고 있는 약은 심한 근
육통이나 관절의 통증을 느끼게 했다. 겉으로 보기에는 멀쩡해 보이
는데 증세가 심할 때는 몸살 난 것처럼 열이 오르고 끙끙 앓아눕는
다. 휴대전화기로 병원에서 문자가 왔다. 충주에서 동서울행 버스를
타고 가는 중이었다. 일단 가고 있으니 조금만 기다려 달라고 부탁했
다. 겨우 도착해서 모든 절차를 밟고 최소 3시간 있어야 검사 결과가
나오고 결과에 따라 약 처방전을 받을 수 있으니 기다리라 했다. 한
두 달 사이 극도로 피곤했었다. 잔뜩 긴장하고 걱정이 됐다. 다행히
별다른 이상소견이 없다고 했다.

힘들지 않은 삶은 없다

몇 시간 지연된 관계로 저녁 스케줄은 모두 취소를 하고 병원에서 신촌역까지 햇살을 등지고 걸었다. 며칠 사이 완연한 봄이 되었다. 오가는 사람들의 옷차림도 표정도 밝아 보였다. 군데군데 개나리랑 벚꽃도 피어 있었다. 오후 5시 평소 같으면 커피숍에서 일하고 있을 시간인데 한가롭게 거리를 걷고 있으려니 살짝 들뜬 기분이 들었다. 버스킹이 열리고 있는 곳에 멈춰 섰다. 관객들의 환호를 받으며 본인이 준비한 공연이 막바지에 달하자 화려한 퍼포먼스로 관객에게 보답했다. 함께 즐기고 있었다. 공연자는 상기된 얼굴로 무대를 내려왔다. 휘파람 소리와 앵콜이 울리고 분위기는 화기애애했다. 멋진 주인공은 뿌듯한 표정으로 무대를 정리하고 있었다. 관객의 따뜻한 관심과 사랑의 시선 때문에 무대에 자꾸 오르고 싶지 않을까? 무대에 서서 공연하는 그 순간만큼은 아무 걱정 없이 순간을 즐기고 있는 듯했다.

별 이상소견 없다는 의사의 한마디에 무거웠던 마음은 안도의 한숨과 함께 가벼워졌다. 충주로 내려오는 버스에 몸을 싣고 창밖을 보았다. 창밖엔 어느덧 어둠이 짙게 깔리고 가끔 빛나는 저 멀리 불빛이 보석처럼 빛났다.

등이 아프고 허리가 뒤틀리는 것이 며칠 동안 계속 잠을 설쳤다. 몸이 아프니까 만사가 귀찮고 성가셨다. 짜증내는 횟수가 늘고 일의 능률도 떨어졌다. 마음먹은 대로 되지 않는 것 중의 하나가 건강한 삶을 유지하는 것이다. 의욕에 불타 어떤 일에 무리하고 나면 꼭 어딘가 탈이 난다. 그러지 말아야 하는데 몸은 자꾸 예전을 기억하고 있는 것 같다. 하루가 견디기 힘이 들었고 자꾸 땅속으로 기어들어가는 몸을 주체할 수가 없었다. 몸의 면역력은 완전히 깨지고 모든 장기는 자기들이 뭘 해야 하는지 잃어버린 멍청이가 되었다. 지독한 암 덩어리를 죽이면서 정상 세포도 다 망가졌다. 생각만 해도 끔찍하다. 근육은 아직도 긴장하고 있다. 한 움큼 빠지는 머리를 손으로 쓸어내리며 애써 웃는 아내에게 괜찮다며 용기 주었던 남편, 삭발하고 돌아온 날 두건을 씌워주며 "엄마 예뻐" 하는 아이들 앞에서 눈물 보이지 않으려 애썼다. 가족들은 생각이 많아지고 부쩍 말수가 줄었다. 정해진 스케줄대로 평생 시간 관리하며 긴장하며 지내온 습관 때문에 모두가 나가고 혼자 집에 있는 시간이 답답했다. 치료에 열중하는 시간에 변해가는 몰골도 싫었다. 아픈 와중에도 여자로서 예뻐 보이고 싶었다. 사실 외모가 변하는 그것보다 더 심각했던 것은 마음이 괴롭고 지쳐갔다.

고통의 시간을 보내며 아무것도 신경 쓰지 말자. 스트레스 받지 않고 오로지 내 몸만 생각하자, 건강한 식사 챙겨 먹고 운동을 생활화하자. 이렇게 우선순위를 정했다. 아픔을 견디고 살기 위해 정한 규칙들은 생활에 무뎌져 살다 보면 규칙은 규칙일 뿐 완벽하게 지켜지는 것도 완전히 잊고 지내는 것도 아니었다.

매장을 너무 오래 비우다 보니 차츰 단골손님도 발길이 뜸해지고 매출이 떨어질 수밖에 없었다. 생각다 못해 한여름인데도 가발을 쓰고 커피숍에 출근했다. 매장에 오시는 손님들과 아무 일 없었다는 듯이 서로의 안부를 물으며 활력을 찾았고 다시금 용기를 얻었다. 매장도 안정적으로 자리를 잡아갔다.

삶이 매 순간 미치게 행복할 수만은 없다. 그냥 바람에 밀려가듯 오늘을 감사하며 사는 것이다. 살아 있으니 눈을 뜨고 밥을 챙겨 먹고 사람들 속에 어울려서 하루를 보낸다. 문제를 끌어안고 당장 죽을 것처럼 웅크리고 있다고 시간이 빨리 가는 것은 아니었다. 물론 고통이 사라지는 것도 아니다. 오히려 카페에 잠깐이라도 나가서 음악도 듣고 커피를 내리고 음료를 만들고 빵을 굽는 시간이 즐겁고 손님들과 이야기도 나누면서 아프다는 사실을 잠깐이지만 잊었다. 그렇게 주어진 삶을 살아내고 있었다. 평범한 삶이 행복이라는 것을 위기를 닥쳐 보면 훨씬 더 절실해지고 감사함으로 다가온다.

정차하는 소리에 화들짝 놀라며 눈을 떠보니 벌써 충주에 도착했다. 마중 나온 남편이 고마웠다. 신촌역 앞에서 신나게 노래 부르던 자유로운 영혼이 부러운 하루였다. 이제 우리는 어차피 중간에 포기하고 내려올 수도 없는 인생 무대에 서 있다. 각자 정한 각본대로 끝까지 멋진 공연을 해야 한다. 열렬히 환호하며 호응해 주는 관객이 없더라도 낙심하지 말아야 한다. 단 한 사람의 관객, 스스로 관객이 되어주면 된다. 인생 무대에서 최선을 다한 멋진 공연이었다면 그걸로 만족하면 된다. 우리 모두 아자!

시절 인연

───

　일상에 지쳐 파김치가 된 아내를 위해 남편은 평소에 입버릇처럼 가고 싶다던 계룡산 동학사로 길을 잡았다.

　미타암 앞으로 흐르는 시원한 계곡물은 여전히 탄성을 자아내기에, 충분하도록 눈부시게 아름다웠다. 가파르고 좁은 계곡을 내리꽂으며 쏟아지는 물소리와 오르는 걸음 사이로 청명한 가을 하늘에서 떨어지는 낙엽 비까지 어떠한 위로의 말이 필요 없게 평안함을 선물하고 있었다.

　스무 살 갓 넘었을 때 친구들과 함께 처음 이곳을 찾았었다. 다듬어지지 않은 길은 험했고 변변한 등산 장비도 없었지만, 산의 매력에 빠진 것이 아마 그때부터였던 것 같다. 산을 찾는 사람들 대부분은 마음의 위로와 떠날 수 없는 속세에서의 번뇌를 씻고 싶어서이기도 하고 다시금 일상으로 돌아가는 길에 희망을 얻기 위함이 아닐까 생각했다. 그 이후에도 가을이면 가끔 계룡산을 찾았었다. 그때 어울려 다니고 영원할 것 같이 함께 챙겨주며 끈끈했던 인연들은 어디서 무엇을 하며 살고 있는지 불현듯 궁금해지고 보고 싶어졌다. 절에서 흘

　　　　　　　　힘들지 않은 삶은 없다

러나오는 목탁 소리, 바람에 전해지는 풍경 소리 계곡으로 흐르는 물소리까지 잠시 앉아 눈을 감고 있는 시간이 마치 무릉도원이 이런 곳이겠구나 싶게 감격했다. 말없이 지금 내 옆에는 평생의 반려자이며 도반인 남편이 함께하고 있다. 이 사람 더없이 고마웠다.

시절 인연이란? 모든 인연은 오가는 시기가 있다는 뜻이다. 굳이 애쓰지 않아도 만나게 될 인연은 언젠가는 만나게 되어 있고 아무리 애를 써도 만나지 못할 인연은 만나지 못한다는 불가 용어다. 요즘 들어 부쩍 생각의 꼬리를 물고 시절 인연이란 말이 입에서 맴돌았다. 나의 시절 인연은 어떤 사람들이었을까?

가장 가까이에 있는 부모님, 자식, 형제처럼 피로써 맺어진 인연들, 새로운 전환점이 되었던 김성희 스피치 아카데미에서 배우며 알게 된 교수님과 동기들, 자작나무라는 이름으로 뭉쳐있는 11명의 멤버들, 어릴 적부터 함께 놀던 친구들, 직장에서 만난 친구들, 커피숍을 운영하면서 알게 된 손님들, 일일이 열거할 수 없이 많다. 수도 없이 많은 사람과 함께 여기까지 왔다. 오는 동안 즐겁기도 하고 시련의 시간도 있었고 상처 입고 때로는 본질을 잊은 채 헤맨 적도 있었다.

세상살이가 더하기 빼기처럼 정답이 딱 떨어지는 일만 있는 것은 아니다. 어떠한 절망과 좌절의 순간에도 살다 보면 진심이 통하고 꿈을 나누고 이상을 이야기할 수 있는 든든한 인연을 만나게 되기도 한다.

손해 보고 내어주는 것이 마음이 편한 것은 타고난 성품이니 어쩔 수 없고 실속 없이 살다 보니 몸이 고단하다. 혼자 가는 것보다 모두 함께 가는 것이 더 가치 있는 일이라 생각하니 그 넓은 오지랖 때문에 몸이 고단하고, 모든 것을 혼자 감당해야 한다는 사랑이 지나쳐 때로는 외로웠다. 그러나 어찌 고단함만 있었겠는가? 모두가 소중하고 감사하지만, 인생에 가장 큰 의미로 내게 왔던 남편을 생각했다. 아버지와 아들은 피로 맺어진 천륜이니 더 사랑의 크기를 가늠할 필요가 없다. 그러나 남편은 의미가 조금 다르다. 서로 다른 환경과 가치관으로 살다가 사랑이라는 이름으로 일가를 이루었다. 책임의 무게를 지고 살아오는 동안 서로가 버팀목으로 받쳐줄 때도 있지만 때로는 미움과 원망의 소용돌이 속에서 당장이라도 끝장낼 것같이 미워하기도 했었다. 가장 눈부시게 아름다운 젊은 날을 함께했다. 아이를 낳고 우리는 열심히 가족들을 위해서 일했다. 살갑지는 않았지만 늘 성실하고 속정이 깊은 사람이었다. 그 무던함이 좋았다. 느긋함 없이 끊임없이 일을 만들어서 하는 불같이 열정적이고 조바심치는 나의 성격을 봐주느라 얼마나 힘들었을까 싶다.

강산이 세 번 정도 바뀌는 세월을 함께했으니 이제 사소한 것으로 다투거나 얼굴을 붉힐 일이 없다. 서로의 의견을 존중하면 간단하다. 상대가 좋아하는 일을 해주면 좋겠지만 싫어하는 짓만 하지 않았으면 더 좋겠다고 부탁했다. 부부는 과연 어떤 인연으로 만나게 된 것일까? 인연이 강하면 끌림이 강하다고 했다. 우리는 서로가 강한 끌림에 사랑을 하고 운명처럼 평생 반려자로 인연을 맺었다. 법정 스님의 인연 이야기라는 책을 읽으면서도 이해되지 않는 부분이 많았었다. 같은 책을 세 번 읽고 나서야 비로소 조금은 이해가 갔다면 그 내용이 얼마나 심오하고 다시금 삶을 돌아보게 했는지 알 수 있을 듯하다. 불교사상은 윤회설을 믿는다. 깊이 있게 공부한 적은 없지만 다만 현재에서 좋은 기운으로 만나는 인연은 전생에도 분명 좋은 인연이었다는 것과 다음 생에도 기억은 모두 사라지고 본인이 지은 업으로 다시 환생한다는 것이다. 그 억겁의 시간 속에서도 가장 특별한 인연으로 부부 또는 부모와 자식 사이의 인연으로 다시 맺어지는 것이라 했다.

부모는 내가 성장하면서 그 곁을 떠나왔다. 자식도 장성하면 언젠가 내 곁을 떠난다. 왔다간 수많은 인연도 자기 시간에 쫓기고 일하다 보면 자연스럽게 정리되기도 한다. 아무리 둘러보며 생각해도 그럴 때 늘 내 곁에서 함께 있어 줄 소중한 사람 바로 남편뿐이다.

사랑도 연습이 필요하다. 자꾸 표현하면 익숙해진다. 우리는 보잘 것없는 작은 배에 사랑이라는 믿음 하나로 함께 몸을 싣고 무모한 여행을 떠났었다. 빠른 급류에 쌓이기도 했었고 가파른 골짜기도 지나왔다. 한눈팔지 않고 무조건 앞으로만 가는 것이 목적지에 도착하는 줄 알았다. 그러나 닻을 올리는 일도 노를 젓는 일도 이제는 경험을 통해 요령을 터득했다.

여행 중에 울창한 숲도 보았다. 잔잔한 강물에서 여유롭게 쉬었던 적도 있었다. 그러나 앞으로 살면서 이제껏 건너보지 못한 험난한 협곡을 건너야 할 때가 올지도 모르겠다. 그러나 이젠 하나도 두렵지 않다. 내 곁에 선하고 우직한 친구가 있으니까. 이제껏 그래왔듯이 서로 의지하며 헤쳐 나가면 된다. 언젠가 도착할 넓고 평화로운 바다에서 사랑하는 사람들과 함께 모여 축배를 마시고 싶다. 지금 내 곁에 있는 소중한 인연들에 감사하다.

5장

시련과 고통이
내겐 재산이었다

내가 진짜
프로다

"인생은 다섯 개의 공놀이 게임입니다. 일, 건강, 가정, 정신, 관계 이 다섯 개의 것들이 균형을 이루고 원만하게 돌아갈 때 성공적인 삶이라고 말할 수 있습니다. 일은 고무공처럼 탄력적으로 조율하고 나머지 것들은 유리공이니 깨지지 않게 늘 살피고 유의해야겠습니다. 여러분 모두 성공적인 삶이길 기원 합니다."

새해 첫인사로 이런 내용의 연설이 나온 적이 있었다. 공감되는 이야기여서 메모까지 해가며 들었던 기억이 난다. 누구나 성공적인 삶을 꿈꾼다. 각자 어디에 더 많은 비중을 두느냐에 따라 겉으로 보이는 성공의 모습이 다를 수도 있다. 분명한 것은, 우리 모두 이러한 사실을 알고는 있지만, 지속해서 실천하는 사람은 많지 않다는 것이다. 이 다섯 가지들이 균형을 이루는 것이 평범하고 쉬운 것 같지만 절대 만만하지 않기에 성공은 나와는 무관하다고 흘려버리는지도 모른다.

누구보다 성공하고 싶었다. 매 순간 오늘이 마지막 날인 것처럼 최

시련과 고통이 내겐 재산이었다

선을 다해 삶에 집중했다.

　세상 물정 모르던 아줌마가 아이 둘 키우면서 조직에서 인정받고 성공하기 위해서는 어떻게 처신해야 하는지 반복되는 상처를 통해 알게 되었다. 적당히 해서는 어떤 것도 이룰 수가 없다. 성공하고 싶다면 그만한 대가를 치러야 한다는 믿음에는 지금도 변함이 없다. 고객들로부터 끊임없이 거절당하고, 때로는 무시도 당하면서 한없이 작아졌었다. 정작 내 편이라 생각했던 직장 동료나 가족으로부터 외면당할 때는 그 어느 때보다 절망적일 때도 있었다. 직장생활 할 때는 소속감 때문에 유니폼을 입었다는 이유로 어쩔 수 없이 참아야 할 일이 많았다. 그래도 처지를 이해하고 위로해주는 친구들이 있어서 함께 툭툭 털어버리며 견딜 수 있었다. 자존심 상한 만큼 물러설 수 없었고 못 할 것 없이 절박했던 현실이 있었다.

　어떤 일에 프로가 된다는 것은 쉬운 일이 아니었다. 반복적인 연습이 필요했고 끊임없이 올라오는 실패에 대한 두려움을 이겨내야 했다. 위기의 순간에 불안을 느끼고 포기하기보다 그 상황에 몰입하고 문제를 해결해야 했다. 프로는 스스로 가진 무한한 가능성을 믿고 용기 있게 앞으로 나아가는 것이고, 말과 생각은 철저하게 긍정적으로 해야 하며 생각은 반드시 행동으로 옮겨야 한다.

　책꽂이에 꽂혀 있는 2001년도에 만들었던 드림 북을 꺼내어 펼쳐 보았다. 석세스(Success) 아카데미 7주 과정 안에 가장 기억에 남는 것은 꿈을 시각화하라는 거였다. 드림 북도 그래서 만들어 놓았다. 오랜 시간이 지난 지금도 이렇게 좋은 재산이 될 줄 몰랐다. 성공이란? "내가 하는 일에 대해서 최상의 조건으로 집중하고 있는 상태"라고 적혀 있었다. 그 밑에 빼곡히 성공을 갈망하는 마음들이 보였다. 10년이 훌쩍 넘은 지금에 와서 들여다보아도 감회가 새롭다. 노력의 흔적들이 보이면서 뿌듯했다.

이제는 건강 때문에 그때만큼 열정을 부릴 수도 없다. 지나친 책임감, 아닌 척 여전히 허점투성이에 부족한 면이 많은 아줌마다. 청소는 잘했었는데 그나마 갱년기라는 이유로 여기저기 쌓아 놓기 일쑤다. 음식 솜씨 좋은 시어머님이 해주시는 김치와 밑반찬 덕분에 아직은 별 어려움 없이 일하면서 살림하고 있다. 요리 하는 것은 자신도 없고 솜씨도 없지만 배워야겠단 생각도 안 한다. 본인이 잘 하는 일에 더욱 집중하자고 생각을 바꿨다. 그래도 주부이니 사랑을 듬뿍 담아 식구들 밥은 꼭 챙겨 먹인다. 뭘 해줘도 맛있게 먹어주는 가족들에게 감사할 일이다. 문제가 뭔지를 스스로 알고 바꾸어 보려고 노력하는 것도 행복한 삶으로 가는 방법임을 안다. 사람들 속에 갈등도 있고 고민도 하지만 관계 속에 있을 때 우리는 살아있음을 느끼게 된다. 주위 사람들로 인정받을 때 누구나 행복해한다.

커피숍에 오시는 손님들의 말, 표정, 행동까지 꼼꼼히 살펴 마음을 읽어주려 노력한다. 작은 배려에도 감사해 한다. 가끔 차 한 잔 마시면서 소소한 일상의 수다를 떨기도 한다. 특별할 것 없는 사람 사는 이야기들이 행복함으로 다가오고 있다. 모든 것이 감사하다. 일

시련과 고통이 내겐 재산이었다

이 있는 것도, 건강을 되찾은 것도, 사랑하는 가족들과 함께할 수 있는 것도, 좋은 사람들이 옆에 많다는 그것까지. 그리고 가장 축복인 것은 선한 영향력으로 물질적인 것이든 마음이든 함께 나누고 싶어 한다는 것이다.

목련이 활짝 피었다. 목련을 특별히 좋아하는 이유가 있다. 살면서 아무에게도 보이고 싶지 않은 서글픈 눈물이 있었다. 그럴 때마다 눈물을 목련에 들켜 버렸으니 운명처럼 목련을 사랑하게 되었다. 욕심 내지 않고 균형 잡힌 공놀이에 열중하고 싶다. 굴곡 없는 가장 평범한 삶이 성공적인 삶이란 것을 안다. '내가 하는 일에 대해서 최상의 조건으로 집중하고 있는 상태' 우린 아마추어가 아닌 멋진 프로다.

터닝 포인트

———

　누구나 살면서 인생의 터닝 포인트가 있다. 한번이 될 수도 있고 개인의 차이에 따라 여러 번이 될 수도 있다. 내 인생의 전환점은 2018년 여름이었다. 팽팽한 긴장감으로 살아왔다.

　꿈과 이상은 높은데 현실은 채워지지 않아 아쉬움이 많았고 그 차이가 벌어질수록 결국 힘들어하는 것은 나뿐이었다. 아무도 대신해 줄 수 없는 삶인데 왜 그렇게 다른 사람을 의식하고 모든 것을 혼자 감당하려 했는지 모르겠다. 방전돼서 겨우 돌아가다 언제 멈출지 모르는 시계처럼 하루하루가 위태로웠다.

　마음의 허기가 심할수록 습관적으로 몸을 고단하게 움직였다. 아무도 눈치 채지 못하지만, 몸은 긴장하고 있다. 주인이 또 나를 괴롭힐 생각이구나. 그래서 주인에게 반항이라도 하듯 건강으로 제동을 걸었는지도 모르겠다.

　어느 날 스피치를 알게 되면서 지나온 삶들이 내게 얼마나 보석 같은 시간이었는지 알게 되었다. 항암치료가 막바지로 가면서 극심한 근육통으로 우울감은 극에 달했다. 갱년기가 함께 오면서 의지랑 상관없이 하루에 수도 없이 천국과 지옥을 오가며 깊은 잠이 유일한 돌파구가 되었다.

여름이라 커피숍은 바빠졌다. 카페에 나와 있는 시간에는 잡념을 없애기 위해 일에 몰두하려 했고 그 이외의 시간은 수시로 명상음악을 들으며 잠을 청했다. 우울감은 잠시 가라앉았다가 시시때때로 불쑥 올라와 나를 괴롭혔다. 가족들은 나의 어두운 표정만 봐도 덜컥 겁을 냈다. 몸과 마음은 분명 함께 가는 것이 맞다.

문득 카페에 오시는 손님들과 재밌는 일을 해보고 싶은 생각을 했다. 그 마음이 예술 강사로 활동하는 친구랑 재활용클린센터 최 대표와 의기투합이 되어 환경 지키기 실천동아리를 만들었다. 커피 찌꺼기나 일회용 컵으로 만들 수 있는 것들이 많았다. 반짝이는 아이디어들로 생각지도 못한 훌륭한 작품들이 완성되어 나왔다. 꾸준한 활동으로 모여진 작품으로 전시회도 열었다. 무분별한 일회용 용기 사용으로 쓰레기가 넘쳐났던 것이 매장 내에서는 법으로 일회용 컵 사용 제한을 정했다. 그 일과 딱 맞아 떨어지면서 본사 인스타그램에도 일회용 컵 재활용 홍보 자료로 올라갔다. 재능이 많은 친구 덕분에 손님들에게 덩달아 인정받게 되었고 자연스럽게 카페는 엄마들의 수다 공간이 되었다.

우리는 한발 한발 좋은 영향력으로 많은 사람에게 즐거움을 선물하고 있었다. 탁월한 예술성으로 십 년이 넘게 전문가로서 입지를 굳혀 가고 있는 친구가 늘 자랑스러웠다. 오랜 시간 한결같이 좋은 영향으로 서로가 옆에 있기는 쉽지 않다. 좋은 곳을 다녀오면 함께 꼭 가보고 싶고 뭐든 함께 배우고 싶은, 몇 안 되는 절친 중에 하나니 말 다 했지. 팥으로 메주를 쑨다 해도 믿을 만한 친구가 스피치를 함께 해보자고 권했다. 친구의 말이 신뢰도 갔었지만 선택할 수밖에 없게 운명처럼 스피치를 만났다.

처음에 스피치를 배운다고 했을 때 주위 사람들은 이야기했다. 말을 잘하는데 뭘 또 스피치를 배우느냐고, 그러나 스피치는 말만 잘한다고 되는 것이 아니다. 매주 한 가지씩 주제를 정해서 이야기를 끌어내야 했고 지나온 삶 속으로 추억 여행을 떠나면서 행복했다.

마음이 차분해지면서 나도 모르는 사이 치유가 되고 있었다. 끊임없이 올라오는 영혼의 허기를 채우기 위해 읽었던 책들은 더 깊이 있게 삶을 마주 대하게 했다. 글이 주는 위로와 말이 주는 힘을 믿게 되었다. 그동안에도 충분히 책을 통해 위로받고 있었는데 크게 와닿는 것은 바라보는 시각과 지금 처해 있는 절묘한 타이밍의 차이인 것 같다.

꿈이 없었던 것이 아니다. 다만 그동안 맞지 않는 옷을 입고 신발을 신고 열심히 달렸다면 스피치는 내게 가장 잘 어울리는 맞춤옷이었고 편안한 신발 같은 느낌이었다.

스피치는 말만 잘하는 것이 아니라 상대방의 이야기를 잘 듣는 것이 중요했다. 다른 사람을 인정하고 소통하는 것이 우선이었다. 한 치의 의심도 없이 배운 대로 실천했다. 나의 말투가 변하고 행동이

시련과 고통이 내겐 재산이었다

변화되고 상황을 바라보는 시야의 폭이 넓어졌다. 차츰 꿈이 아닌 비전이 생겼다.

강의 시간에 앞에 나와서 배운 대로 지나온 나의 삶과 지금 현재의 마음을 담담하게 이야기했다. 청중은 공감했고 함께 아파하기도 하고 웃어 주기도 했다. 이거였다. 바로 내가 하고자 했던 일, 서로가 진심이 통하는 대화를 하고, 말로 상대를 이해시키고 함께 공감하고 소통하는 것, 웃으면서 더불어 살아가는 삶, 꿈은 누구나 생각할 수 있고 비전은 뚜렷한 목적을 두고 행동으로 옮기는 것이다.

스피치를 통해 새로운 꿈과 비전이 생겼다. 보통 아줌마의 삶이 이야기되고 공감을 얻고 누군가에게는 희망이 된다는 것은 참으로 행복한 일이었다. 동기 부여 강사의 꿈과 작가로서의 꿈이 생겼다. 긍정의 말이 주는 힘이 얼마나 강력한지 나는 믿게 되었다. 매주 변해가는 사람들의 눈빛을 볼 수 있었고 그 모습을 보며 함께 성장하고 있다는 확신이 생겼다. 그 용기에 힘입어 본격적인 스피치 강사의 자격을 갖추기 위해 강사 반에 입문하게 되었다.

지인은 남편 때문에 늘 마음고생을 했었다. 소통을 공부하고 있는 내게 뭔가 이야기 하고 싶다며 찾아왔다. 평소에는 나무랄 때 없이 유순하고 성실한데 술만 한잔 들어가면 아내에게 폭언과 함께 행동이 거칠어지면서 함부로 대한다. 소심한 성격 탓에 평소에는 말 않고 입 꾹 다물고 있다가 불만들을 술을 빌려 이야기했다. 술이 깨고 나면 언제 그랬냐는 듯 아무 일 없이 지내는 남편의 모습에서 그동안 참고 이해하려고 하다 도저히 안 되겠다 싶어 대화를 통해 아내의 심정을 말하기로 작정했다. 그러나 적반하장 아내의 기대를 깡그리 무너뜨리기라도 하듯 모든 탓을 아내에게 돌리고 있었다. 답답함을 하소연하며 눈물이 그렁그렁 한 채 고민하는 지인을 보면서 약간 이해되고 공감되는 점도 있었지만 섣부르게 조언을 해주기보다는 말없이 들어주는 것으로 나의 소임을 다하기로 했다.

살면서 내 맘 몰라주고 소통이 안 되는 것을, 이야기하기란 쉽지 않다. 문제를 들어내 놓고 이야기하는 사람이 몇이나 될까? 특히나 가정사는 쉽게 이야기해지지 않을뿐더러 다른 사람의 사생활을 시시콜콜 알고 싶어 하지도 않는 것이 현대인의 사고방식이다. 그러나 말을 하지 않는다고 문제가 해결되지는 않는다. 오히려 문제는 가라앉았다가 나중에 더 큰 오해로 증폭되어 상처로 올 수 있으니까 감정에 충실하게 오늘을 살아야겠다. 지인 부부가 긴 침묵을 깨고 하루빨리 서로를 존중하며 소통하길 진심으로 바란다.

계곡이 흐르는 산 끝자락에 작은 집이 있다면 그곳에서 노년의 여장을 풀고 싶다. 남편은 싫다 하겠지만 내가 함께 가자면 말없이 따라나설 사람이다. 60이 넘고 할머니가 되어도 책을 읽고 쓰면서 맑은 정신으로 살아가고 싶다. 보고 싶은 친구들이 놀러 와 준다면 향 좋은 목련 차와 배추 전 한쪽 구워서 도란도란 이야기하며 먹고 싶다. 인적이 드물어도 자연과 더불어 새소리 물소리 바람 소리 들으며 외롭지 않게 잘 지낼 수 있으면 좋겠다. 때 지나서 불쑥 찾아와 밥 한 끼

먹고 갈 친구가 딱 하나만 있어도 행복해할 일이다. 누구에게나 편안하고 넉넉한 사람으로 살고 싶다.

멀리 가려면
함께 가라

내게는 초등학교 졸업 사진이 없다. 초등학교 3학년 때 전학을 갔다. 기억에 남는 일이라고는 친구들 틈에서 낯설어하고 어쩌다 한마디 하면 잘난 척한다는 지적에 상처가 되었다. 눈치를 보며 생활했다. 전학생이라는 이유로 영문도 모르고 왕따를 당했다. 잘 지내길 바라는 마음에 주셨던 선생님의 작은 관심과 배려가 친구들은 샘이 났었던 것 같다. 어른이 되어서도 초등학교는 꺼내보기 싫은 추억의 한 페이지인 건 분명했다. 작아진 마음은 주눅이 들어 활기를 못 펴고 삼 년 내내 늘 혼자였다.

학교생활은 재미없었다. 점점 더 소심해지고 학업에 흥미도 잃어갔다. 부모님이나 선생님께 말을 했더라면 달라졌을까? 부모님도 이씨 집성촌인 마을에 이사 오시면서 텃세 부리는 동네 사람들 틈에 적응하기 힘드셨을 테고 별다른 문제없이 가방 메고 매일 학교는 다녀오니 신경 못쓰셨던 것 같다. 발랄했던 아이는 말수가 줄고 매사에 의욕저하인 모습으로 빛을 잃어 가고 있었다. 졸업식에 부모님은 바쁘다는 이유로 아무도 참석 못 하셨다. 바보같이 울면서 집으로 돌아

시련과 고통이 내겐 재산이었다

왔던 기억이 난다. 그 순간에는 왕따를 시켰던 친구들도 미웠고 부모님도 서운했었다. 부모님과 친구들끼리 졸업 사진도 찍고 짜장면도 먹어야 했는데 두고두고 아쉬웠다. 치졸하게 느껴질 수 있겠지만 이따금 억울한 생각이 드는 것은 아직도 내겐 상처로 남아있기 때문이 아닐까 싶다. 그렇게 구석에 푹 덮어 두었던 유년의 기억들을 위로라도 하듯 잊고 있던 친구에게서 전화가 왔다.

"순아, 김해에 한 번 내려와라. 바람도 쐬고 밤새 수다 떨며 놀자."

초등학교 졸업 후 40년이 넘게 각자 살아온 길이 다른데도, 말이 통하고 편안한 것은 서로에 대한 극진한 배려와 애정 덕분일 테다. 역시 친구란 이런 것이다. 언제 만나든 반갑고 무탈하게 잘 살아주길 바라고 건강하게 오래도록 보고 싶을 때 한 번씩 만나며 위로받고 위로해 주는 것, 너무 감사했다. 친구들과의 오랜만에 만남은 꼭 닫아두었던 빗장을 열게 해주었다. 칙칙했던 기억을 깨끗하게 닦아 주었고 따뜻한 온기로 채워준 친구들이 언제 까지나 행복하길 진심으로 바랐다.

상대방과 이야기를 하다 보면 습관적으로 핑계를 대거나 거짓말을 하는 사람이 있다. 빤히 들여다보이는 속마음을 들키고 나면 당황하기도 하고 대부분 사람은 불같이 화를 내거나 관계를 끊고 무심하게 돌아선다. 그러나 상식이 있는 사람이라면 다시 연락이 온다. 상대방의 마음을 읽는 것은 간단하다. 말을 귀 기울여 집중해서 들어주면 된다. 모든 사람이 그 나름대로 사정이 있었겠지 인정하고 시작하면 된다. 그래서일까 사람들은 나에게 자연스럽게 고민을 이야기하고 허심탄회하게 관계를 튼다.

인간관계 때문에 유독 힘들어하는 사람들을 살펴보면 그 사람들 대부분은 상대가 이야기 할 때 다른 짓을 하거나 집중해서 듣지 않는다. 상대의 말을 끝까지 듣지도 않고 자기 말만 한다. 당연히 관계가 틀어질 수밖에 없다. 한번 상처받은 마음은 쉽게 회복되지 않는다. 그런 사람이라고 인식되면 사람들은 그를 친구로 생각하지 않는다.

결국은 인간관계를 잘 풀어가는 것이 행복한 삶이란 결론을 내리게 되었다. 간혹 주위 사람들을 보면 어른인데도 싸우고 말을 안 한다거나, 같은 공간에서 일하는데도 맘에 안 든다고 인사조차 하지 않고 무시하는 행동을 보면 절대 이해할 수도 용납할 수도 없다.

6명이 10년 넘게 해오던 모임이 있었다. 어느 날 작은 오해로 생긴 말 한마디에 오랫동안 만나던 사람들의 모임이 깨졌다. 그중에 한 명이 만나기만 하면, 먹는 것도 모임 장소도 한번을 좋다고 한 적 없이 늘 불평불만을 입에 달고 있었다. 인정도 많고 궂은일은 모두 도맡아 하면서도 말 한번 잘못해서 공도 분위기도 모두 망치기 일쑤였다. 뾰족할 수밖에 없는 성격이 남모를 상처가 많아 그랬다는 것을 알게 되었다. 안정적인 직장의 남편을 만나 결혼을 했다. 남편의 권위적이고 불같은 성격을 받아주면서 쌓이는 스트레스를 누군가에게는 풀어야 했고 모임에 나와 쉴 새 없이 자기 말만 하는 것으로 허전한 마음을 달랬었다. 처음엔 그녀의 입장을 편들어 준다고 다른 사람들에게 눈총도 받았다. 내가 볼 때는 모두 똑같았다. 한 치에 양보도 하기 싫은 기 싸움으로밖에 볼 수 없었다. 각자 자기 입장만 내세우는 꼴이 우스웠다.

때로는 만나서 힘든 관계라면 잠시 거리를 두고 생각할 시간을 갖는 것이 현명한 선택일 수 있다. 그녀에겐 신부전증을 앓고 있는 아이들이 있었다. 그녀와 남편은 아이 둘에게 각각 신장 하나씩을 나누어 주었다. 정말 애틋한 부모 사랑이다. 그녀가 아무리 큰 실수를 하고 잘못을 했다 한들 이해 못 할 게 뭐가 있을까. 자식이 평생 지병을 앓고 있는데 지켜봐야 하는 부모 마음이 오죽할까, 무조건 위로해주고 이해하고 싶었다. 드러내놓고 말은 하지 않지만, 모두에게 작은 상처가 되는 것이 사실이다. 십 년을 만나왔던 사람들은 언제 그런 적이 있었나 싶게 각자 자기 삶에 바쁘다. 그녀에게서 잊을 만하면 한 번씩 안부 전화가 온다. 예전처럼 만나는 횟수가 많지는 않다. 그러나 위로받고 싶을 때나 하소연하고 싶을 때 어딘가에 소리치고 싶구나! 생각되어 따뜻한 마음으로 받아준다. 그녀가 강단 있게 잘 살아가길 바란다.

대부분 사람은 불편한 관계를 극복하려는 것이 아니라 회피를 해버린다. 얼굴 붉히고 싸우는 것도 싫을뿐더러 그다음에 찾아오는 어색함이 싫어서 아예 안 보고 지내는 쪽으로 매듭을 짓는다. 사람의 성향은 쉽게 바뀌지 않기도 하지만 본인이 누군가에게 지고 들어간다는 쓸데없는 오기가 생겨서이기도 하다. 그러나 일이든 사랑하는 관계든 내가 좋은 사람하고만 함께 갈 수 있는 것은 아니다. 만만하고 편한 사람하고 가면 좋겠지만 인생이라는 것이 불편하고 힘든 사람들 틈에서 성장해 간다라는 것을 우리는 묵시적으로 인정한다. 오기 부리지 말라. 눈앞에 상황이 진실이 아닐 수 있으니까. 결국 모두가 함께 가야만 한다. 더불어 가야 한다. 그래야 즐겁고 지치지 않는다.

　선의의 경쟁자는 나를 더 긴장하게 하고, 소외되고 가난한 사람들은 나를 사랑에 눈뜨게 한다. 이기적이고 편협한 사람들은 상대적으로 나에게 너그러움과 겸손함을 배우게 한다. 함께 있을 때는 모른다. 헤어지고 떠나봐야 그때 그 인연이 좋았노라 후회하고 아쉬워한다. 후회할 일 말고 만족할 수 있는 관계로 살아가길 바란다. 평범한 내 삶을 사랑하고 감사한다.

시련과 고통이 내겐 재산이었다

매일 읽는
긍정의 한 줄

———

　염소 한 마리가 길을 가고 있었다. 시냇물 위에는 외나무다리 하나가 놓여 있었다. 염소는 조심조심 다리를 건넜다. 맞은편에서도 염소 한 마리가 건너오고 있었다. 외나무다리 한가운데서 두 마리 염소는 서로 양보하라고 요구하면서 조금도 물러서지 않았다. 머리를 맞대고 힘겨루기를 하다가 결국은 두 마리 모두 물에 빠지고 말았다. 《이솝우화》 이야기이다.

　한 번쯤은 들어봤을 법한 이야기는 서로에게 조금씩 양보하면 모든 상황이 좋아질 수 있다는 교훈을 말해준다. 양보가 미덕이라는 것은 누구나 다 알지만, 그것을 자기가 먼저 행동으로 옮기기는 쉽지 않다. 양보하는 사람이 왠지 손해 보고 불리한 위치에 있다고 의식하기 때문이다.

　남편은 평소에는 성격이 느긋하고 순한데 운전대만 잡으면 조급증을 낸다. 절대 본인은 인정하지 않지만, 차선 변경을 자주 한다거나 앞에 큰 트럭이 가면 스트레스 받고 답답해한다. 기필코 트럭 앞으로 간다거나 다른 차선으로 변경해서 앞지르기한다. 그래도 습관적으로 끼어들기는 하지 않으니까 그나마 다행이다. 비단 남편만의 이야기는 아니다. 운전하는 사람들은 한 번쯤 생각해 볼 문제다.

아침 출근길 만해도 아이들 등교 시간에 맞물리면 도로는 혼잡하다. 여기저기서 경적을 울려 대며 서로 먼저 가겠다고 아우성이다. 다들 시간에 쫓겨 허둥대는 모습이 안쓰럽기는 하지만 얌체 짓하지 말고 차근차근 서로 양보한다면 적어도 불쾌한 하루가 아닌 즐거운 하루를 맞이하지 않을까 한다. 손해 본다는 생각보다는 배려해 주었다 생각하면 양보는 자연스럽게 또 다른 양보로 이어진다. 운전도 습관인데 알아서 잘 하겠지만 느긋하고 여유 있게 하길 바란다.

부부싸움 할 때도 마찬가지다. 사소한 것으로 의견 차이가 있어 옥신각신하다가 어느 한쪽이 수긍하고 양보하면 크게 싸움이 안 되는데 끝내 한 치도 양보하지 않고 나는 잘못이 없고 무조건 네가 잘못해서 내 마음이 상했노라 피 터지게 싸움을 한다. 결국, 큰 싸움으로 이어져 이혼까지 불사하는 경우를 간혹 보았다. 서로 처음부터 양보했더라면 별일 아닐 수 있는 문제들을 말도 안 되는 오기나 자존심 싸움이 되는 실수는 하지 않길 바란다. 이렇게 내가 먼저 양보할 수 있는 마음가짐, 그런 관점에서 볼 수 있는 자세 우리는 그런 사려 깊은 사람을 일컬어 "성격 좋은 사람이다"라고 말한다. 행복해하고 만족해하는 대부분 사람은 성격 좋은 긍정주의자다. 도저히 이해할 수 없는 상황임에도 불구하고 그들은 웃고 있다.

시련과 고통이 내겐 재산이었다

미세먼지 없이 며칠간 화창한 날씨가 이어졌다. 봄바람이 살랑살랑 거리에 벚꽃도 한창이고 목련도 화사하니 눈부셨다. 지인분이 오랜만에 커피를 마시러 들렀다. 이 주 만에 뵙는데 얼굴이 많이 야위었다. 이유를 물어보니 건강검진 결과 위암으로, 많이 힘든 단계라 현재로서는 약이 없다고 했다. 큰 대학병원 의사가 따로 특별한 치료 방법도 없고 약도 없다고 했으니 아주 당혹스럽고 절망스러웠을 것 같았다. 그럼 치료 방법이 없는 건가요? 위를 쉬게 하면 된다는 말씀과 나름대로 스스로 이길 수 있는 자가 면역 세포 증식에 힘쓴다는 이야기로 말끝을 흐리셨다. 뜻밖에 결과에 당황하긴 했지만, 이제는 마음의 평정을 찾았으니 걱정하지 말라며 오히려 나를 위로하고 있었다. 며칠간 거의 탄수화물 섭취는 못 하고 효소 물만 드셨다. 5kg 가까이 빠지면서 몸이 가뿐해지고 위경련도 없으며 편안해지셨다고 했다. 의학적인 지식이나 식품에 대한 전문지식은 없지만, 뭐라도 드시고 고통이 사라지면 좋겠다 싶었다. 스트레스 받지 않는 것이 중요하다고 전했다. 그분은 입에서 이만하길 다행이라며 감사의 말을 하고 있었다. 긍정적이고 낙관적으로 말씀하시는 표정이나 행동이 자꾸 머릿속에 떠올랐다. 너무도 의연하고 담담했다. 가끔 미소까지 지어가며 이야기하시는 모습에 오히려 내가 힘을 얻었다. 두 달 정도 후에 다시 검사하러 병원에 가신다고 하니 제발 아무 일 없이 염증이 가라앉길 진심으로 기도했다.

아침에 눈을 뜨고 기지개를 켜며 속으로 생각했다.

'감사합니다. 밤새 고통 없이 단잠을 자고 일어날 수 있게 해주셔서 간밤엔 편안했습니다.'

처음에 암이라는 병명을 듣고 받아들이기 힘들었다. 믿기지 않았다. 왜? 내가, 난 열심히 산 죄밖에 없는데 억울하기도 하고 어디로 향하는 줄도 모르면서 원망을 했었다. 하지만 지금은 다르다. 모든 것을 받아들이고 한결 마음이 편해졌다. 작은 것에도 감사하며 살아가게 되었다. 피곤한 몸을 일으켜 세우며 나가서 일할 수 있는 공간이 있는 것이 감사하다. 한참 일하고 움직일 때는 잊고 있다가 긴장이 풀어지면 근육이나 관절에 통증이 심하다. 욱신거리는 통증이 느껴지는 것은 지금 먹고 있는 약이 잘 흡수되고 있다고 생각하니까 그것도 감사하다.

카페에 손님들이 많아서 바빠지면 정신없고 힘들지만 그래도 활기차게 일할 수 있어서 감사하다. 자식들이 다 컸다고 제멋대로 행동해서 노여운 것이 아니라 그만큼 스스로 독립된 생활을 하려고 노력하는구나 대견하고 감사하다. 편찮으신 부모님이지만 그래도 살아 계신 것에 감사하다. 보고 싶을 때 보고 목소리라도 들을 수 있다고 생각하니 그것만으로도 감사하다. 문득 한없이 땅으로 꺼지며 모든 것이 의욕 없는 날도 있다. 그런 날엔 또 어김없이 친구들의 위로를 받을 수 있으니 그것도 감사하다.

지금보다 더 안 좋았던 시간도 있었다. 서늘한 수술대도, 끔찍한 약물치료도 잘 견디고 이제 회복하고 있는 단계니까 될 수 있으면 환

시련과 고통이 내겐 재산이었다

자라는 것을 잊고 생활하려 한다. 약해지려는 마음은 감사의 기도로 하루를 시작하고 또 하루를 마무리한다.

부정적인 말은 입 밖으로 내지 않겠다, 결심하고 노력한다. 좋아하는 일은 즐거운 마음으로 하고 몸이 쉬라고 신호를 보내면 미루지 않고 바로 휴식을 취한다. 예전처럼 모든 것을 나 혼자 감당하며 힘들어하는 것이 아니라 함께 나누어지고 또 어울리면서 즐겁게 생활하기를 선택했다.

내 것이 아닌 것에 절대 욕심 부리지 않는다. 세상에 공짜는 없다. 노력하지 않고 거저 생기는 것은 모두 독이다. 남에게 양보해야겠다는 생각이 들면 기꺼이 모든 것을 한 치의 망설임도 없이 내어준다. 이렇게 선한 기운은 다시 내게로 돌아와 마음의 평화를 주고 있다.

살면서 어리석게 외나무다리에서 머리를 맞대고 누군가와 싸울 일이 있을까만은 그때도 현명한 선택으로 양보하면서 살아가길 바란다. 지혜롭고 현명한 나로 거듭나길 진심으로 바라며 모두가 함께 행복하길 소망한다.

무지개 원리

"하는 일마다 잘 되리라."

오늘도 아침에 일어나 출근준비를 하면서 잠깐 강론을 들었다. 차동엽 신부님의 강의와 성경 구절을 인용한 교리를 배우는 것으로 한 달에 한 번씩 CD와 소책자가 온다. 신부님 강론은 명쾌한 해답처럼 늘 새로운 힘을 주신다. 지금 생활이 제대로 된 삶이라 확신할 수는 없지만, 열심히 신앙인의 자세로 살고자 노력한다. 매일같이 묵상하고 기도를 하며 기쁜 마음으로 강론을 듣고 감사한 마음으로 하루를 살아간다.

지나온 시간을 곰곰이 되짚어 보면 내게 신앙이 없었다면 어떠했을까? 참담했고 좌절에서 이기지 못했을 것이다. 어쩜 지금쯤 비관하고 자포자기해서 누군가를 원망하며 볼품없는 모습으로 살고 있을지도 모른다. 그러나 포기하지 않고 끝끝내 버티고 일어설 수 있었던 것은 바로 굳은 의지와 신앙의 힘이 아니었을까 깊이 감사함을 느낀다.

여름 소나기가 한바탕 쏟아지고 반짝 드는 햇빛에서 찬란하게 빛나는 일곱 빛깔 무지개는 우리에게 다시금 사라지게 하는 힘, 바로 희망을 의미하지 않을까?

시련과 고통이 내겐 재산이었다

30년 가까이 결혼생활 하면서 딱 한 번 남편과 헤어질 생각을 했었다. 경제적으로 힘들어서 고생하는 것은 얼마든지 참을 수 있었다. 아이들 분유통에 분유가 떨어져서 배고파 울고 있을 때도 참았고, 보증서서 사채업자들이 신발 신고 들어와 깽판을 칠 때도 참았다. 그러나 주말 부부로 떨어져 살면서 보냈던 편지들이 그대로 우체통에 꽂혀 있을 때는 내 마음을 몰라주는 남편에게 실망했고, 그때 더는 이 남자랑 사는 것은 의미 없다는 생각이 들었었다. 목숨보다 더 소중했던 아이들조차도 포기해야겠단 생각을 했었다. 왜냐면 남편은 아이들 때문에라도 아무리 어려운 상황이 와도 참고 살 것이란 생각을 했던 것 같았다. 헤어지는 것이 어찌 쉬운 일이겠는가.

답답한 마음에 사주팔자를 잘 보는 집이 있다는 친구 말에 반신반의하는 심정으로 따라갔었다. 그때는 누군가의 한마디가 힘이 될 것 같단 생각을 했었다. 난생처음으로 찾아간 곳에서 뜻밖에 이야기들을 들었다. 초년고생 끝나고 말년으로 갈수록 트이는 운이니 참고 살면 좋은 날이 온다고 했다. 부모 사랑, 남편 사랑, 자식 사랑 받으며 꽃처럼 산다고 했다. 인복이 많아 늘 사람들 속에서 선한 영향력을 끼치며 살고 그 공덕이 다 자식들에게 가서 행복한 노후가 된다고 했다. 사람들이 왜 마음이 약해지면 이런 곳을 찾나 싶었다. 아무튼, 그 말 한마디에 이제껏 잘살고 있으니 비록 친구 따라가서 곁다리로 걸쳐 들은 나의 사주풀이지만 가끔 그때를 떠올리며 혼자 웃는다. 자식 버리고 짐 싸서 갈 것으로 보여서 거짓말한 것일 수도 있다며 친구들끼리 모이면 놀려대고 그때를 회상하며 즐거워한다.

본의 아니게 약삭빠른 사람들에게 이용도 당하고 돈도 뜯기고 엄한 소리도 들어 마음 아파할 때도 있었다. 착한 끝은 있겠지. 오죽하면 그랬겠나 하고 떨쳐버린다. 우여곡절도 많았다. 시련도 많았다. 그러나 늘 결론은 한 가지였다. 이대로 포기할 수 없다는 것 그리고 오늘보다 나은 내일이 있다고 믿었다. "나는 운이 좋은 사람이다"라고 믿으면 그 믿음대로 된다.

성공한 사람들의 자서전을 읽고 자기 계발서를 수도 없이 보며 노트에 메모했다. 성공한 사람들의 행동을 따라해 보고 공부했다. 결국, 그 내용의 끝은 딱 한 가지 끝까지 포기하지 않고 실천해 가는 것이었다.

시련이 닥치면 좌절하는 것이 아니라 극복하려고 노력했다. 적당히 타협하는 것이 아니라 반드시 원칙을 정하고 일을 했다. 타인에겐 관대했지만, 스스로에게는 철저했으며 게으름에는 절대 용납하지 않았다. 타고난 능력보다 더 중요한 것은 습관이다. 작은 실천들은 습관을 형성하며 습관은 덕을 쌓고 그 덕은 인격을 변화시켰다. 나이가 들었어도 의식적으로 좋은 습관을 들일 수 있다. 믿고 꾸준히 실천했다. 고칠 수 있는 습관이라면 훈련을 통해 새로운 자아상을 만들어가야 했다.

자기가 처해 있는 환경이나 조건을 탓하는 것은 비겁한 일이다. 불우한 환경에서도 성공할 수 있었던 것은 굳은 의지, 굽힐 줄 모르는 자기 확신이 아니었을까 한다. 불우한 환경을 극복하고 전문가로 성공한 사람이 우리가 알고 있는 운동선수나 유명인들만 있는 것은 아니다. 보통사람들도 얼마든지 어제보다 나은 내일을 살아가고 있다면 그것이 성공이며, 설사 실패했더라도 그것으로 좌절하지 않고 다음 기회의 본보기로 삼는다면 그것만으로도 성공이라 생각한다. 오히려 실패한 경험이 많은 사람들은 사소한 시련 앞에는 끄떡도 하지 않는다.

여전히 월말이면 자동차 할부금에 카드명세서, 각종 세금 고지서들이 날아와 쌓인다. 물질적인 풍요보다 더 중요한 것은 마음의 풍요로움을 포기하지 않길 바란다. 내가 좋아하는 일을 하고 나이에 맞게 건강한 몸과 마음을 갖추고 좋은 사람들과 함께 가길 바란다. 부정적인 사람과는 단호하고 냉정하게 관계를 정리할 줄도 알아야 한다.

단순히 돈만 벌기 위한 것이 아니라 더 가치 있는 일을 위해 관심을 두고 살고 싶다. 돈에 대한 가치관을 묻는 어느 강의에서 나는 이렇게 말했던 기억이 난다.

"살아보니 알겠습니다. 내 몫은 이미 정해져 있고 나머지는 내 것이 아니니 모두 필요로 하는 이웃과 함께 나누고 싶습니다."

그랬다. 움켜쥐고 욕심 부린다고 모두 내 것이 되는 것은 아니다. 나누고 베풀수록 더 많은 것들이 내게로 와서 기쁨이 되었다. 그것이 돈이 됐든, 사람이 됐든 간에 작은 것에 감사하고 앞으로 한 발짝 나갈 때 비로소 인생은 살 만한 가치가 있다.

큰아이가 직장을 잡아 사회생활을 시작한 지 일 년이 되어간다. 사람들 속에서 상처받고 있다. 사람들 상대하기가 무섭다고 했다. 어떤 말로 위로해야 할지 모르겠다. 엄마로서 해야 할지, 인생의 직장 선배로서 해야 할지, 그러나 한 가지 분명한 것은 어떤 것도 포기하지 말라는 것이다. 지금 처한 문제들을 부딪치면서 스스로 해답을 얻고 잘 풀어 갈 것이라 믿는다.

"하는 일마다 잘 되리라."

사랑하는 아들의 마음속에 먹구름이 걷히고 찬란한 무지개가 뜨길 바란다.

시련과 고통이 내겐 재산이었다

진정한
소통이란

———

주말에 남편과 영화를 보았다. 〈완벽한 타인〉이란 영화인데 기회가 된다면 꼭 부부가 함께 보라고 권해주고 싶다. 잠깐 영화 이야기 속으로 들어가 보자.

사회적으로 성공한 사람들, 남들이 부러워할 만한 직업을 가진 3쌍의 부부가 있었다. 이들은 어릴 적부터 친구여서 많은 추억을 공유하고 어른이 되어서도 유대관계를 이어오면서 저녁 식사에 초대되었다. 40년 지기 친구들에게 비밀이 있을까요? 없을까요? 있지요. 인정하고 싶지 않겠지만 너무나 당연한 이야기다. 아무리 친한 사이라고 해도 한두 가지 비밀은 누구에게나 있다. '가장 긴밀한 정보를 담고 있는 휴대전화를 공개한다'라는 것이 이 영화의 핵심설정이었다. 2시간여 동안 영화는, 걸려오는 전화를 스피커 핸드폰으로 받고 메시지도 공유하면서 생기는 에피소드들로 구성되어 있다. 신기하게도 우리 사회의 단편적인 모습들을 응축시켜 그려 내어 관객들의 큰 호응을 얻어내고 있었다. 흥미로운 전개의 영화를 보던 관객들은 서로 작고 미심쩍었던 일들을 떠올렸을 거다. 영화가 그만큼 공감되고 있다는 증거이기도 했다.

영화를 보고 나서 잠시 생각했다. 평소에 주인공들이 소통하고 대화를 나누며 살았다면 어떠했냐는 가정을 해보았다. 겉으로 보기에는 아무런 문제도 없고 심지어 행복해 보이기까지 하는 이들 사이에 각자 비밀스러운 영역이 존재하고 그것을 지키기 위해 거짓말을 한다는 설정이 아닌, 사소한 것까지도 대화로 풀고 존중하며 소통하는 내용이라면 아마도 그 밋밋한 이야기에 관객들은 흥미가 떨어져 일도 관심을 갖지 않았을 수도 있다. 행복한 삶을 찾아 떠난 어느 소설의 주인공을 보아도 결국 행복은 소소한 일상에 녹아 있었음을 알게 된다. 어찌 보면 우리가 겪는 가장 뻔하고 평범한 삶이 행복한 삶일 수 있다. 아무튼, 반대되는 내용으로 감독은 관객의 공감을 끌어내는 목적은 이룬 듯했다.

여러분들은 남편이나 아내들과 모든 것을 다 공유하십니까? 라고 묻고 싶다. '당신하고는 뭔 대화가 안 돼,' 답답하다면서 남편이 말하려고 할 때 아내들은 논리적으로 따지듯 이야기하지는 않았는지 잠깐 반성해 본다. 남편들은 또 어떤가? 아내가 좀 투정부리고 사랑받고 싶어서 약한 소리를 했다면 맥 빠지는 소리한다고 윽박지르며 소리까지 질러 아내에게 상처주지는 않았는지, 그러면서 영원히 서로의 마음에 문을 닫게 하지는 않았는지, 잠깐 반성해 보길 바란다.

말로써 상대방의 마음을 읽는 것을 우리는 대화라고 한다. 그럼 소통이란 무엇일까? 소통이란 대화로써 뿐만 아니라 둘 사이에 심리적으로, 정서적으로 연결된 그 무엇인가를 찾아내는 것을 우리는 소통이라고 한다. 우리는 많은 관계 속에서 살아간다. 친구이거나 동료이고 엄마이거나 딸이다. 스승이거나 제자이기도 하다. 이렇게 많은 사람 속에 얼마나 소통하면서 살아가려고 노력하는가? 스피치를 배우면서 내게는 많은 변화가 생겼다. 나의 욕심이나 체면이 아닌 나와 남편, 자식, 친구, 동료들의 마음을 진심으로 이해하려고 애쓰고 소통하려고 연습한다.

소통하는 것도 연습이 필요하다. 어느 날, 오늘부터 저 사람과 소통해야지 그것도 좋겠지만 중요한 것은 생각처럼 소통이 쉽지 않다. 그 때문에 꾸준한 관심으로 연습하며 노력해야 한다는 것이다.

누군가 내가 말하지 않았는데도 마음을 읽고 알아준다면 어떠하겠는가? 큰 감동과 함께 행복할 것이다.

맞는 말이다. 우리는 그 속에서 행복한 기운을 얻는다. 그러면 상대가 내 마음을 어찌 알았을까 마음을 읽기까지 관심과 애정을 가지고 관찰하지 않았을까? 상대도 부단히 나란 사람을 관찰하고 소통하려고 노력했을 것이다.

사람은 누구나 3개의 삶을 산다고 한다. 공적인 나, 개인적인 나, 비밀의 나, 이 세 가지 삶 중에 어찌 살아갈지 마지막 장면으로 영화는 끝이 났다. 관객의 몫으로 남겨두고 감독이 정말 하고 싶었던 이야기는 무엇이었을까?

영화가 마치고 나는 내 방식대로 이렇게 결론을 내렸다. 누군가가 내 마음을 알아줄 때까지 기다리는 소극적인 삶이 아니라 먼저 다가

가서 소통하고 대화를 시도하면서 행복해하는 사람들을 만들어가는 적극적인 삶이길 바란다. 비밀이 많은 내가 아니라 옆에 있는 소중한 사람들과 많은 것들을 공감하고 소통하는 행복한 삶이길 소망한다.

지난 20년간의 직장생활은 그런대로 좋았다. 늘 열심이었고 예전에 비하면 여유 있게 먹고 쓰니 큰돈은 아니라도 형편이 좋아지긴 했다. 그 속에서 좋아하는 일이 무엇이고 잘할 수 있는 일이 어떤 것인지도 알게 되었다. 자신감이 충만한 나로 살기도 했고 때로는 한없이 절망했던 적도 있었다. 다시금 극복하고 단단해지기도 했다. "노력해서 안 되는 일은 세상에 없다"라는 것도 알았다. 성취하고자 한다면 어찌 행동해야 하는지도 알고 평생을 함께해도 아깝지 않을 만큼 든든한 동료들도 만났다.

용광로처럼 뜨겁고 간절하게 살아오면서 결코 소홀할 수 없었던 것은 사람의 마음을 얻는 일이었다. 남의 주머니에 있는 돈 내 주머니로 옮기기가 쉽지 않듯이 사람의 마음을 얻는다는 것은 결코 쉬운 일이 아니다. 그러나 필요로 하고 간절히 원한다면 세상에 불가능한 일은 없다. 마음은 어떻게 얻을 수 있을까?

첫 번째로, 공감해 주기다.

대화를 시작할 때 나의 마음속에 있는 편견과 선입견으로 듣는 것이 아니라 있는 그대로 상대가 하는 눈짓, 마음을 집중해서 들어 주어야 한다. 그리고 상대와 나 사이에 반드시 일치하는 무엇을 찾아

시련과 고통이 내겐 재산이었다

내는 것 그것이 바로 공감이다. 일단 공감되는 부분이 있다면 대화
는 잘 통하게 된다.

둘째로, 인정하기다.

상대의 말과 행동을 집중해서 들어야 그 상대를 완전한 인격체로
인정하게 된다. 자녀든 남편이든 직장 동료든 친구든 상대를 완전한
인격체로 인정하고 이야기해야만 마음을 얻을 수 있다. 어렵게 생각
할 것 없다. 내 처지를 생각해보면 간단하다. 상대가 나를 인정해주지
않는다면 나 역시도 결코 마음에 문은 열지 않을 것이다.

셋째, 온몸으로 받아주기다.

잘 들어주기 경청은 귀로만 듣는 것이 아니다. 고개는 끄덕이고 눈
으로는 바라봐 주고, 입으로는 맞장구치고, 상대의 말에 귀 기울여
듣고 있다는 것을 끊임없이 표현해 주어야 한다. 전문용어로 이런 모
든 행위를 비언어적 대화라 한다. 상대는 진정으로 내 말에 귀 기울이
고 있음을 알아야 자연스럽게 마음이 열리면서 신나서 이야기한다.

마지막으로, 한결같이 겸손하게 이해하기이다.

대부분 사람은 어느 정도 친숙해지면 처음에 가졌던 마음들이 퇴
색되어 버리고 습관처럼 함부로 대하려는 습성이 있다. 친해졌다는
이유로 이 정도는 이해해 주겠지 생각한다. 아니 천만의 말씀이다.
가까워질수록 더욱더 깍듯하게 예의를 지키고 늘 겸손한 자세로 한

결같이 마음을 헤아리고 이해해 주어야 한다.

이렇게 네 가지 내용을 반복적으로 실천할 때 사람의 마음을 얻을 수 있다. 그래도 내 마음 몰라주는 사람이 있다면 그것은 상대의 몫으로 남겨두면 된다. 모든 사람이 마찬가지겠지만 인맥이 힘이고 사람이 재산이다. 결코 세상은 혼자서 살아갈 수 없다. 어차피 함께 가야 하는 삶이라면 즐겁게 가고 싶다. 가치 있는 삶이 되고 싶다. 나누고 싶다.

주의에 뭐든 함께할 수 있는 좋은 사람들이 많다는 것과 그 가치는 결코 돈으로 환산할 수 없을 만큼 큰 위력으로 실제 선행되고 있다. 이것이 바로 내가 꿈꿔 왔던 성공적인 삶이다. 많은 시행착오를 거치면서 결코, 한 사람의 인연도 소홀히 대해서는 안 된다는 것이다. 돌고 돌아 언젠가는 또 만나게 되더란 이야기다. 그 때문에 선한 영향력으로 살아야겠다는 결심을 하게 되었다. 사소하게라도 적을 만들지 말고 기꺼이 내 시간과 마음을 내어주면 내 편이 된다는 이치를 간과하지 않았으면 한다. 진심이 통하는 사람이 주의에 많다면 세상 사는 것이 외롭지도 힘들지도 않다. 앞으로 펼쳐질 미래는 함께 만들어가는 커다란 사랑의 공동체로 거듭나기를 바란다.

시련과 고통이 내겐 재산이었다

자작나무 아래로
모이다

대형할인점이라는 큰 조직 속에 쫓기듯 우리는 살아왔다. 서로의 통하는 마음들을 모아 작은 모임을 만들었다. 자작나무 숲에 여행을 처음 떠나며 모임의 이름도 '자작나무'라 칭했다. 11명의 멤버들은 일상에 지치고 사람에게 상처받고 조직의 부품처럼 대접받는 부당함도 잘 참으면서 그렇게 각기 다른 부서에서 열심히 일하는 보석같은 사람들이었다. 솔선수범하는 탁월한 업무 능력으로 인정받으며 각자의 자리를 만들어가고 있었다. 우리는 한 달에 한 번, 들로 산으로 바다로 여행을 떠나며 힐링도 하고 서로에게 용기를 주면서 잘 지냈다.

그러던 어느 날, 이 좋은 사람들과 함께 뭔가 의미 있는 일을 해도 될 것 같은 생각이 들었다. 나는 주저하지 않고 불씨를 당겼다. 지금의 자작나무 회장님으로 계신 분과 신중하게 이야기한 후 의기투합 멤버들을 소집시켰다. 선한 영향력으로 주위를 돌아보며 어려운 사람들과 함께 봉사라는 것을 하면 어떻겠냐고 제의를 했다. 만장일치로 해보자는 쪽으로 의견이 모였다. 좋은 일 하자면 일단 기금을 마런해야 하는데 어찌하면 좋을지 의논을 했다. 집에서 안 쓰는 물건들을 모아서 바자회를 열어 기금을 마련하기로 했다. 모두가 일사천리로 추진되었다. 바자회, 후원, 그리고 마무리까지 각자 가진 능력들을 발휘했다.

2018년 11월 5일 드디어 결전에 날이 왔다. 자작나무 멤버들은 재능이 많은 친구들이다. 뭐든 척척 안 되는 것이 없었다. 누가 시키지 않아도 스스로 알아서 행동했다. 긍정적이고 열정적이고 무엇보다 많이 나누고자 하는 마음이 컸다. 부정의 씨앗은 찾아볼 수 없이 긍정의 에너지로 꽉 채운 행복한 시간을 가졌다. 수능 대박을 기원하는 양초도 만들고 빼빼로 데이에 미리 축하하는 초콜릿도 끼워서 상품을 만들었다. 매번 캘리그라피 예쁜 글귀로 재능기부 하는 친구도 있다. 폐품을 재활용한 상품들도 많았다.

카페에서 나오는 일회용 컵 뚜껑에 다육 식물을 심고 컵에는 구피(열대어)를 분양해서 팔았다. 커피 가루를 모아 수제 비누도 만들었다. 대박 아이디어 상품이었다. 고객들의 반응도 좋았다. 추진하는 멤버들도, 협조해주는 지인들도, 두리번거리며 물건 사는 고객들도 모두 하나 되고 신났다. 바자회는 마마 카페 옆 공원길에서 매번 개최했다. 처음에는 장소 잡기에도 쉽지 않았었다. 그러나 뜻이 있는 곳에 길이 있다고 하고자 하면 방법이 보였다. 혼자서는 하기 힘든 일을 우리가 또 뭉쳐서 해냈다. 그렇게 첫 번째 바자회가 성황리에 잘 마무리되었다. 기금도 생각보다 많이 모였다. 긍정적이고 좋은 기운

시련과 고통이 내겐 재산이었다

은 힘들지만, 모두를 행동하게 했다.

바자회를 통해 모금된 기금은 불우한 소년·소녀 가장 돕기에 써 주십사 시청 단체로 전달했다. 어딘가로 전달되어 유용하게 쓰일 것이고 우리의 작은 선행이 소외되고 절망적인 이들에게 희망의 불씨가 되기를 간절히 바랐다. 우리는 이렇게 첫 번째 기적을 만들어냈다. 멤버들은 이제 단순히 회사 동료가 아니었다. 함께 꿈꾸고 행동하는 동지가 되었다.

전에 다니던 직장에 깜짝 방문했다. 자작나무 회장님으로부터 '사우 돕기 분식 날'을 한다고 공지문자가 올라왔다. 퇴사는 했지만, '자작나무'라는 인연의 끈으로 응원 차 들렀다. 13년이란 짧지 않았던 그 시간 속에 많은 것들이 추억으로 남았었다. 오랜만에 올라가는 직원 출근 동선은 감회가 새로웠다. 퇴사한 지 삼 년이나 지났는데도 마치 몇 달 휴가를 끝내고 출근하는 직원처럼 당당하게 올라갔다. 우리 에이스들 역시 딱 버티고 서서 아주 잘 하고 있었다. 모두 반갑게 맞아주었다.

이번에는 바자회를 통한 수익금 일부를 사우 돕기에 기부하기로 했다. 자작나무가 주축이 되었고 사우 돕기는 전사로 함께 이어지면서 대대적인 행사가 되었다. 몸으로 기꺼이 봉사하는 멤버들의 얼굴은 모두 천사의 미소로 빛났다. 다들 두 팔 걷어붙이고 열심이었다. 회사에서도 모든 것을 일임한 듯했다. 한자리에 모이고 보니 반가운 얼굴들도 만나고 잠깐이었지만 즐거웠다. 아직도 각 부서에서 베테

랑답게 꿋꿋이 버텨주고 있는 함께 일하던 친구들, 후배들, 또 인생의 선배들 모두가 좋은 일에 동참하니까 행복해 보였다. 왁자지껄 웃음 뒤로 조용히 행사장을 나오며 한 이야기가 떠올랐다.

꿀을 좋아하는 곰 이야기였다. 내용인즉, 깨알을 굴려 가며 꿀을 얻느냐 아니면 곰이 직접 뒤집어쓰느냐에 따라 좋아하는 꿀을 어찌하면 더 많이 얻을 수 있는지에 대한 교훈이었다. 누구나 원하는 꿀이 있다. 그것은 부가 될 수도 있고 명예일 수도 있다. 건강, 아니면 일의 성공, 원만한 인간관계가 될 수도 있다. 그러나 한 가지 분명한 것은 깨알 굴리듯 소심하게 하는 것보다는 내 몸 전체를 이용해야만 원하는 꿀을 더 많이 얻을 수 있다는 것이다. 왜 문득 돌아오면서 동화가 생각이 났는지는 모르겠다. 선한 일을 혼자서 하기보다는 동참할 때 기쁨과 효과도 배가 될 수 있다는 생각에서였던 것 같다.

갑자기 뇌 손상이 와서 일상생활이 힘들 정도로 오른쪽 마비가 온 사우는 적절하게 치료 잘 받고 많이 회복되고 있다고 했다. 우리는 다음 바자회 기금도 아픈 사우를 한 번 더 후원하자는 의견이 모였다. 우리는 기쁜 마음으로 두 번째 기적을 만들어냈다.

앞으로도 '자작나무' 멤버들 마음속에 있는 천사들이 날개를 활짝 펼칠 수 있게 노력하면서 언제까지나 힘차게 날갯짓하길 바란다.
"시작은 미약하였으니 끝은 창대하리라"
우리의 시작은 나누고자 하는 작은 마음에서 시작되었다.

시련과 고통이 내겐 재산이었다

긴 여행을 떠나다 보면 예기치 않은 변수에 일이 생길 수도 있다. 그러나 나누고자 하는 소중한 초심을 잃지 않고 즐거운 여행을 하리라 믿는다.

그 사람들 속에서 활짝 웃고 있는 나를 상상한다. 내 옆에 누구를 둘 것인지 어떤 사람들과 인생 후반부를 갈 것인지는 이제 스스로 정할 나이가 된 듯하다. 춥고 매서운 바람을 잘 견디며 숨죽이고 있다가 가장 먼저 꽃망울을 터트리는 목련의 화사함처럼 나는 앞으로도 밝고 따뜻한 사람으로 살아가고 싶다. 자작나무의 꽃말은 '당신을 기다렸어요'이다.

어딘가에서 우리의 따뜻한 관심과 후원을 기다리는 소외된 사람들을 위해 자작나무 멤버들은 언제까지나 함께할 것이다. 자작나무 봉사 단체가 우뚝 서기까지 사실 내가 한 것이라고는 그들 마음속에 있었던 천사들에게 용기를 준 것이 전부였다. 유유상종 비슷한 사람끼리 끌리고 또 오래도록 즐겁다. 지금 현재 살아있음이 감사고 축복이다.

· 마치는 글 ·

살다 보면 누군가의 한마디가 위로가 되기도 하고 상처가 되기도 한다. 맘 놓고 속내를 드러내며 산다는 것이 어렵다는 사실을 이제야 알게 되었다. 열정적으로 일하던 삼십 대의 모습은 사라지고 언제부턴가 의기소침하고 머뭇거리는 오십 대 나를 보게 됐다. 알 수 없는 두려움이 생겼다.

잘못 나서면 안 될 것 같고 내 맘 같지 않은 사람들 때문에 혹시라도 상처 입을 것 같아 말과 행동이 더욱 조심스러워졌다. 그럼에도 불구하고 뭔가 해야 하는 절박했던 순간들이 분명히 있다. 엘리트로 능력 발휘하며 일하던 여성들도 결혼과 동시에 본인의 이름 사라지고 아내, 엄마, 아줌마가 된다. 가족의 건강과 행복이 우선이고 육아가 삶의 전부인 양 필사적으로 하루하루를 살아낸다. 나 역시 이제껏 그렇게 사는 것이 전부라 믿고 열심히 살아온 보통의 아줌마다.

중2병보다 더 무섭다는 갱년기를 겪는 요즘, 행복한 삶은 과연 어떤 것일까 하는 의구심이 생겼다.

이만큼 살아보니 행복은 결코 먼 곳에 있는 것이 아니었다. 평범

206   마치는 글

한 삶 속에 행복이 있다는 사실을 가슴으로 알게 됐다. 위기와 시련을 겪다 보면 대처 능력이 생긴다. 소중한 것을 잃어 보면 작은 것에도 감사한 마음이 생긴다.

사랑이 전부라고 믿었던 젊은 날을 회상하며, 스스로 선택한 사랑에 책임지고 온전하게 가정을 지켜가는 이야기를 전하고 싶다. 겪어 내야 했던 많은 시련들을 숭고하리만큼 잘 참아냈으며, 또한 그 아픔들은 내 삶을 겸손하고 견고하게 만들어주었다. 결혼 2년 만에 워킹맘이 되면서 지금까지 꿋꿋하게 버티고 살 수 있었던 것은 오직 사랑 덕분이었다.

20년 직장생활은 내게 많은 것들을 가르쳐 주었다. 무엇보다 세상 앞으로 나아가는 자신감, 고객들을 응대하는 방법, 영업에 대한 스킬, 말에 대한 품위, 조직에서 살아남는 방법 그리고 사람의 마음을 얻는 것까지…….

경험을 바탕으로 진솔한 이야기를 전하고 싶었다. 간절함만큼 폭발적인 에너지는 없다. 나의 이야기가 지치고 힘든 사람들에게 위로가 되었으면 한다. 특히나 아이를 키우며 일하는 엄마들과 갱년기 때문에 이제껏 살아온 삶을 송두리째 부정하고 싶은 우울한 오십대들이 용기를 얻길 바란다. 작은 실패에 두려워하지도 말고 스스로 두 주먹 불끈 쥐고 당당하게 세상 앞으로 걸어 나오길 바란다.

"우리 정 과장이 최고야!"라는 사장님의 칭찬이 일을 더 시키기 위한 연막작전이었다는 것을 알게 되었다.

"이번엔 정직원이 분명 될 거예요."

잔뜩 기대에 부풀려 놓고선, 승진에서 누락되었다는 말 같지도 않은 통보를 받은 적도 있었다. 별 평계를 다 대가며 결국은 학연 지연으로 똘똘 뭉친 그들은 열심히 일하는 나의 마음에 상처를 주었다. 그럴수록 아무도 무시할 수 없게 능력을 갖추자고 스스로 결심했다. 최선을 다해 일했다.

엄마는 강했다. 자존심 좀 구겨지면 어떠랴. 열심히 일해서 아이들 먹이고 입히고 가르치는 것이 내게는 무엇보다 절실했다.

같은 일을 십 년 이상 해왔다면 최소한 그 일에서만큼은 전문가가 된다. 자기의 경험을 통해 얻어지는 지혜만큼 진실한 것은 없으며 강력한 메시지는 없다. 대학에서 아동학을 전공했다고 해서 육아를 잘한다는 보장은 없다. 전문 분야의 교수나 의사들이라고 반드시 인성이 좋고 행복한 결혼생활을 이어간다고는 장담할 수도 없다. 다만 자기 본분에 맞게 얼마나 최선을 다하느냐에 따라 삶의 향방이 바뀐다.

우리 사회는 아직도 학력 위주의 평가로 기회가 주어진다. 아무리 최선을 다해서 일하고 업무처리 능력이 뛰어나다 한들, 젊고 의욕 넘치는 사원들 틈에서 오십 넘은 직원들은 홀대받는 것이 사실이다. 그렇다고 한 직장에서 15년 가까이 일하다가 새로운 일을 찾아 나선다는 것도 쉬운 일은 아니다.

삶이 주어지는 한 우리는 또 살아내야 한다. 앞으로 우리는 사는 동안 단순히 경제적인 활동에만 포인트가 맞춰지는 것이 아니라 행

마치는 글

복해하면서 가치 있는 나를 찾아가길 소망한다.

　마음의 준비도 없이 갑자기 아버지가 떠나시고 제대로 자식 노릇 못 했다는 자책과 회한으로 힘든 시간을 보냈다. 먹고 자는 일상생활조차도 편치가 않았다. 시도 때도 없이 불쑥 올라오는 설움과 그리움으로 심장은 쪼그라들어 더 숨을 쉴 쉬가 없었다. 엄마의 기분을 살피는 자식들을 보면서 이대로는 더 안 되겠다 싶었다. 미친 듯이 앞만 보고 살아온 나의 삶을 조용히 되돌아보며 솔직한 마음으로 그동안 하지 못한 말들을 가감 없이 글로 쓰기 시작했다. 글을 쓰면서 정말 많은 것들이 변화되고 있다는 것을 느꼈고 글을 쓰는 내내 참으로 행복했다. 가족의 깊은 사랑을 다시금 깨닫고 소중한 인연들이 함께 있음이 감사했다.

　아들이 유치원에 다닐 때 일이다. 엄마랑 놀고 싶은데 엄마는 책만 보고 있으니 그 책이 없으면 엄마랑 놀 수 있겠다 싶어 아들은 꾀를 내었다. 아이가 유치원엘 가고 냉장고 안에서 내가 읽던 책이 나왔다. 귀엽기도 했지만, 한편으로는 미안하기도 했다. 이제는 처지가 바뀌었다. 아들의 휴대전화를 냉장고에 넣어 놓고 싶다. 행복의 기준은 각자 다르다. 생활 속에서 기쁘고, 즐겁고, 만족할 수 있다면, 그리고 함께 할 수 있다면 그것이 곧 행복이다.

　이 글을 읽는 모든 독자가 행복하길 진심으로 바란다.

아직 할 일이
남아 있으니
다시 시작합니다

초판 1쇄 인쇄 _ 2019년 11월 5일
초판 1쇄 발행 _ 2019년 11월 10일

지은이 _ 정순희

펴낸곳 _ 바이북스
펴낸이 _ 윤옥초
책임 편집 _ 김태윤
책임 디자인 _ 이민영

ISBN _ 979-11-5877-134-8 03810

등록 _ 2005. 7. 12 | 제 313-2005-000148호

서울시 영등포구 선유로49길 23 아이에스비즈타워2차 1005호
편집 02)333-0812 | **마케팅** 02)333-9918 | **팩스** 02)333-9960
이메일 postmaster@bybooks.co.kr
홈페이지 www.bybooks.co.kr

책값은 뒤표지에 있습니다.

책으로 아름다운 세상을 만듭니다. — 바이북스